밤 의
마 음

《밤의 마음》은 2004년부터 저자의 홈페이지 〈감정공작소〉에 기록한 글을 모아
주제와 맥락에 따라 엮고, 새로운 글을 보태어 만들었습니다.

밤의
마음

임이랑 산문집

허밍버드
Hummingbird

차
례

▷ ▷ ▷ ▷   ► ► ► ►

하루를 여는 아침,

다시 손끝에
힘을 모으는 마음

▽
▽
▽
▽

▼
▼
▼
▼

어차피 이 광활한 우주에 작은 먼지 같은 나지만

가만히 침잠하면 쌓이는 먼지가 될 뿐이니,

거리를 걷고 오가는 사람들과 눈을 마주치며

삶을 유영하는 기쁜 먼지가 되려 한다.

어떤 날엔 기특하게 성실한 먼지로,

어떤 날엔 반짝이는 당신의 별 같은 먼지로 살아가야지.

내 나이, 직업, 학벌, 성별.

나를 이루는 모든 것이 내게 부여한

강제적 자아와 스테레오 타입에 지지 않기.

이제부터 나에게 주어진 숙제.

●

양파를 썰어 볶다가 계란도 함께 익힌다. 서리태를 넣고
지은 밥을 귀 달린 접시에 데워 올리고 계란볶음과 함께 천천
히 썹어 먹는다. 언니가 만들어 준 시소 우메보시 무침을 함께
곁들인다. 소름 돋을 정도로 맛있다. 마지막 한 숟가락을 입에
넣는 동시에 일어나 설거지를 시작한다. 뽀드득 닦은 접시는 물
기가 완전히 마를 때까지 싱크대 위에 둔다. 개수대는 말끔하
게 닦고 행주는 세탁기에 넣어 삶음 빨래를 돌린다. 섬유 유연
제는 넣지 않는다. 의자를 거꾸로 뒤집어 식탁에 올리고 화분
에 물을 준다. 시든 이파리를 치운다. 로봇 청소기가 돌아가는
소리를 들으며 2층의 작업방으로 출근한다. 단정한 일상의 즐
거움. 더 정확히는 단정한 일상을 이어 갈 수 있는 평안한 하
루의 즐거움.

새로운 일을 시작하는 당신에게.

분명히 일이 뜻대로 풀리지 않는 날이 더 많을 거예요. 그동안 이상향을 바라보며 걸어왔겠지만, 이성으로 받아들이기에 현실은 부조리로 가득할지도 몰라요. 왜 해야 하는지 모르는 일들을 해내야 할 테고, 왜 겪어야 하는지 모르는 일들을 겪고도 대수롭지 않게 넘겨야 하는 날도 있겠죠. 그렇게 현실 앞에 매일같이 무너지고 치열하게 치이고 또 치여도 다시 일어나 매무새를 가다듬으며 성장하는 당신을 기다릴게요.

당신을 당신이게 하는 그 모퉁이를 양보하지 말고 더 단단해지세요. 나를 위해서.

●

　나의 매일도 게임 같다. 하루하루를 클리어하며 조금씩 앞으로 나아가는 게임, GAME OVER를 맞이하기 전까지 열심히 수풀 속을 헤매고 괴물들을 무찌르는 그런 게임.

　이번 미션을 망쳤다고 너무 슬퍼하지 않기로 한다. 눈 깜짝할 사이 새로운 미션이 주어질 테니까. 일단은 미션과 미션 사이에 이 짧은 휴식을 즐겨 보자.

•

　1년 중 완벽하게 행복한 날이 며칠이나 될까?

　만약 단 하루도 꼽을 수 없다면 한 인간의 삶을 통틀어 완벽하게 행복한 날은 과연 며칠이나 될까?

　많이 가질수록, 많이 알게 될수록, 원하던 곳에 더 가까이 도달할수록 자꾸 목이 마르고 행복은 더 빨리 달아날지도 몰라.

　완벽한 행복의 하루, 지나치거나 모자람이 없는 기쁨, 생각 없이 내뱉어도 온기로 서로를 품어 낼 수 있는 관계. 그 짧은 순간의 만족을 위해서 우리는 평이한 고통을 견디고 있나.

•

　일상에서 리듬이 얼마나 중요한지 생각한다. 언젠가부터 나는 생활을 리듬화하는 버릇이 생겼다.

　신발을 신을 때는 두 박자에 한 짝씩 신기, 머리를 헹굴 때는 한 박자에 한 번씩 샤워기를 흔들기. 요리를 할 때는 도마 위에서 펼쳐지는 가벼운 삼연음과 이박 삼연음. 이렇듯 이미 고정되고 획일화되어 형태가 만져지는 리듬이 있는가 하면 아주 어려운 리듬도 있는데, 그중 가장 어려운 리듬은 헤미를 만질 때의 리듬이다.

　헤미는 스킨십에 있어 유난히 예민한 2.6kg의 시추다. 자신이 원치 않을 때 적당하지 않은 강도와 리듬으로 만지면 흠칫 놀라며 등에 한껏 힘을 주고 동그랗게 말고 만다. 요가의 고양이 자세 같은 모양. 헤미는 개 자세보다는 고양이 자세를 더 자주 하는 특별한 아이다. 이미 감각이 곤두선 고양이 자세의 헤미는 '불편해 죽겠지만 너는 내가 사랑하는 인간이니 한번 만지게 해 주마' 하는 표정으로 나를 바라본다. 헤미에게는 유난히 딸꾹질을 자주 하는 특징도 있는데 내가 조금만 찬 손으로 만져도 이내 딸꾹질을 시작하고 또다시 나를 잡아먹을 듯 째려본다. 이럴 때 그녀의 눈은 정확히 얼굴의 반을 차지하는 크기가 되어 무섭게 번뜩인다. 안정을 주려던 나의 행동은 정반대의 결과를 가져와 혜미의 신경을 건드리고 만다. 이것이 대표적인 '실패한 리듬의 예'이다.

'성공한 리듬'에 대한 예를 들어 보자면 그녀가 배를 보이고 누워 있거나 잠을 잘 때, 혹은 아주 무방비 상태로 넋을 놓고 있을 때 턱 밑부터 아주 약하게 아주 천천히 만지기 시작하는 것이다. 온음표로 다가가 이분음표로 존재감을 표출한다. 리듬을 사분음표와 팔분음표로 변화시켜 더 가까이 다가간다. 혜미가 그르렁거리며 기분 좋은 소리를 내고 나의 리듬에 맞추어 엇비슷한 속도로 내 얼굴에 본인의 온몸을 비비며 감겨 오기 시작하면 그것이 바로 성공적 혜미 쓰다듬기 리듬의 완성!

하지만 이때도 주의할 점이 있다. 혜미가 부비는 리듬을 파악하고 알맞게 대처를 해야 한다는 점이다. 서로의 리듬이 어긋나면 우리는 쉽게 어색해져 버리기 때문에 혜미와 나, 서로에게 좋은 시간을 계속하려면 상황에 맞는 변박으로 연주를 이어가야 한다. 혜미야, 너는 정말 까다롭고 웃긴 강아지야.

●

　메트로놈을 좋아한다. 일정한 소리를 내는 기다란 사다리꼴의 물건. 앞에서도, 뒤에서도, 양옆으로도 기다란 사다리꼴의 형태를 갖추고 있어서 수학적인 안정감과 대칭성이 느껴지는 네모. 메트로놈엔 박자를 정확하게 맞추기 위한 무게 추와 무게 추를 지탱할 받침까지 필요해서 꽤 묵직하다. 묘하게 믿음직스럽다. 최근에는 메트로놈이 디지털화되어 아주 작은 기계로 바뀌었다가 이제 그마저도 사라지는 중이다. 물성 따위 필요 없이 앱만으로도 간단하게 제어할 수 있는 물건의 과거사는 마치 고생대의 이야기 같지만, 그 시절 메트로놈은 아주 성실하며 아름다웠다. 이제는 쓸모를 잃은 또 하나의 아름다움이 거기에 있었다.

　철로 만들어진 메트로놈의 무게 추를 위로 올릴수록 느리게 포물선을 그리던 '딱!ㅡ딱!' 소리는 한참을 걸려 돌아왔다. 단호하면서도 싫지 않은 소리. '딱!'과 '딱!' 사이에 빈 공간에서는 동그라미가 느껴진다. 60, 56, 52, 48…. 느리고 규칙적으로 울린다. 박자를 점점 더 천천히 맞추다 다 놀았다 싶으면 무게 추를 200까지 거칠게 밀어 '딱! 딱! 딱! 딱! 딱! 딱! 딱! 딱!' 바쁘게 들려오는 소리를 확인한다.

주로 악기 곁에서 보냈던 미성년기엔 매일 메트로놈과 함께였다. 어떤 연습을 하더라도 시작은 손 풀기용 60이니까. BPM(Beats Per Minute)이 60이라는 건 1분에 60번 돌아오는 속도, 즉 초침과 꼭 같은 빠르기를 의미한다. 메트로놈과 함께 BPM 60의 연주를 반복하면 할수록 60과 나는 더 친밀한 사이가 된다. 결국은 메트로놈의 도움 없이 누구보다 더 정확하게 BPM 60을 연주할 수 있는 실력이 내게 꽤 중요하던 시절이었다.

음악 학교에서 함께 연주를 전공하던 친구들끼리는 종종한 사람은 눈을 감고 다른 한 사람은 메트로놈을 조작해 BPM을 맞히는 게임을 하곤 했다. 한 사람은 눈을 감고 다른 한 사람은 피아노의 여러 음을 동시에 눌러 어떤 음인지 맞히는 게임도 있었다. 레, 파#, 라#, 도. 이제 와서 생각하자니 착하고 성실하게 놀았다. 그러고 보면 너드는 공과 대학뿐만 아니라 실용음악과에도 존재했나 보다. 내가 속한 세계의 밖으로 걸어 나가면 어디에도 쓸모가 없는 스킬을 연마하는 건 정말 즐겁다. 의식주와 전혀 상관없는 즐거움은 아는 사람에게만 펼쳐지는 재미니까. '실용' 음악과라는 학과의 이름이 무색하게 예술 학교에서 배운 것 중 실용적인 것은 별로 없었다.

의식하지 않고서 행하는 일상적인 모든 행동에 리듬이 있고 그 리듬을 관장하는 내가 있다. 리듬은 어떤 식으로든 존재한다. 아침에 일어나 가장 먼저 눈을 비비는 리듬(물론 손으로 눈을 비비지 않는 게 좋다), 머리를 감는 리듬, 손끝으로 타자를 치는 리듬, 의자를 넣고 꺼내는 리듬, 젓가락질의 리듬. 기분이 경쾌한 날이면 가볍고 규칙적으로 나풀거리는 일상의 리듬이지만 매일이 좋은 날일 수는 없다. 어떤 날의 리듬은 스텝이 꼬이고 행동이 늘어지고 물건을 놓쳐 우당탕탕 다른 종류의 괴로운 리듬을 야기하곤 한다.

요즘 주변에 달리기를 시작하는 사람들이 늘어나고 있다. 나는 어떤 쪽인가 하면 역시 달리는 건 부담스럽고 풍경의 변화를 느끼며 사진을 찍고 딴생각을 하다가 제멋대로 샛길로 빠지는 쪽이다. 늘렁늘렁 BPM 80의 걸음을 걸으며 동네를 유영하는 저녁이 좋다. 그러다가 빠르게 걷고 싶을 때는 BPM 130인 걸음을 걷는다. 귓가에서 심장이 쿵쿵거리는 소리가 들려오면 다시 BPM 90의 걸음으로 돌아온다. 발목을 크게 움직이며 걸어야 한다지만 자세를 신경 써서 몇 걸음 걷다가도 금세 길가에 피어난 죽단화에 마음을 빼앗기고 만다. 리듬이 한없이 늘어진다.

이제 더는 매일 메트로놈을 60에 맞춰 두고 연습에 임하던 그때처럼 매일 기본기를 연습하지 않는다. 하지만 종종 혼자 눈을 감고 BPM 맞히기 게임을 한다. 88, 62, 106…. 이미 수백 수천 번 나를 훑고 지나간 숫자가 여전히 메트로놈의 화살표를 가리키고 있다. 세상엔 내가 이해할 수 없는 일들이 너무 많지만, 그래도 박자만은, 리듬만은 언제까지고 깔끔하게 이해하며 BPM 90의 산책을 즐기는 저녁 시간을 보낼 수 있으면 좋겠다.

•

당연한 듯 자극에 길들고, 끊임없이 바빠야만 잘 사는 삶이라 여기는 사람이 되지 않으려 한다. 중심을 찾아가기는 언제나 어렵지만 한없이 중요하고.

•

이 순간만은 자유롭다고 착각하게 만들어 주는 물.
물속에서 느끼는 고요한 감각이 좋다.

•

수영장 탈의실에서 자주 마주치는 사람들이 있다. 그중엔 걸음이 느린 백발의 할머니도 있다. 여러 번 마주쳐서 서로에게 이미 익숙한 존재라 짧게 눈인사를 나누는 편이다.

수영장에 들어가면 쉼 없이 헤엄을 친다. 한번 발이 땅에서 떨어지면 1,000m를 다 돌기 전에는 다시 발을 땅에 디디지 않는다. 그런데 그날은 팔다리를 저어 앞으로 나아가는 행위가 하염없이 귀찮게 느껴져 그만 접고 집으로 돌아갈까 고민하고 있었다. 레인의 끝에 서서 옆 레인의 사람이 자연스럽게 물을 잡고 앞으로 미끄러지는 모습을 구경한다.

자유로운 몸짓이 멋있다. 경외하는 눈빛으로 멍하게 본다. 그는 누구보다 생기로 가득 차서 쭉쭉 뻗어 나가는 형태의 영법을 구사하고 있었다. 만약 그 순간을 그림으로 그린다면 물살을 가르는 그를 강조하기 위해 빗살무늬를 수백 개쯤 그려 넣겠지. 밝은 후광도 잊지 않고 그려야겠다. 이내 그도 나처럼 잠시 쉬려는지 레일 끝에 발을 디딘다. 그의 얼굴이 보인다. 자유로운 한 마리 돌고래처럼 수영을 하던 사람은 백발의 할머니다. 깜짝 놀란다.

아름다운 영법을 구사하는 사람이 할머니였다는 사실을 알게 된 이후 수영장에서 할머니를 만나면 더 반가운 마음. 물

밖에서는 한 걸음 한 걸음 고행처럼 천천히 내딛지만, 물 안의 할머니는 자유형부터 접영까지 모든 영법을 구사하며 1시간 동안 쉼 없이 수영을 한다. 그 모습을 구경하다 보면 '지금 이 순간이 할머니의 하루 중 가장 즐거운 시간이겠구나' 하는 느낌이 든다.

'할머니는 젊을 적 해녀였을까?', '바닷가 마을에서 자라며 매일매일 바다에서 헤엄을 치셨을까?', '어린 시절부터 수영 교육을 받아 온 걸까?', '할머니의 어린 시절에도 수영 교육이 있었을까?' 이런저런 상상의 나래를 펼치며 힐끔힐끔 옆 레인에서 자유롭게 헤엄치는 할머니를 구경하다가 나도 자유형 1,000m를 마치고 물 밖으로 나와서 하루를 시작한다.

언젠가 내가 호호 할머니가 될 때까지 살아남아 생을 누리게 된다면 나도 꼭 저 할머니 같은 일상의 순간을 맞이하며 살고 싶다. 수영이든, 연주든, 무엇이든 어떤 방식이든.

어떻게 하면 오십 살에도 육십 살, 칠십 살에도 음악하는 사람으로 살 수 있을까 고민한다. 활동을 오래 쉬다 보니 보이지 않던 것들이 보이고, 마주하고 싶지 않던 것들을 마주하게 된다.

'벼랑 끝에 서기 전에는 걱정하지 말아야지' 굳게 마음먹었던 일들이 몇 가지 있는데, 벼랑에 다가서고 있는 건지 아니면 마음이 주책인지 모르겠네, 정말. '아무 생각 없이 칠십 살이 되었는데 난 아직도 음악하네' 하는 기분을 맛볼 수 있을까.

•

2005년에 시작한 밴드 활동이 어느새 18년 차에 접어들고 있다. 많은 앨범을 내고 많은 무대를 지나왔다. 꽤 긴 시간 동안 여러 가지 레이어를 거쳐 현재에 도착했다. 처음 노래를 발표하던 시절엔 매번 간절하다가 내동댕이쳐졌고, 어마어마하게 기대했다가 실망하곤 했다. 당시엔 정말 중요하게 여겨지던 TOP 100 차트에 몇 위까지 올라가는지 새로 고침을 하며 밤을 지새우기도 했고 (그 시절 디어클라우드의 앨범에는 새벽에 순위가 올라가는 종류의 노래가 가득했다) 소속사와의 분쟁으로 많이 괴로운 시기도 있었다.

개런티가 얼마, 순위가 몇 위, 섭외가 몇 번. 이런 수치들이 아티스트의 사이즈와 한 해 계획에 영향을 끼칠 수밖에 없는 음악계라서 딱히 관심을 기울이지 않아도 서로의 성과가 저절로 눈에 들어올 수밖에 없다. 주변엔 항상 우리보다 일이 잘 풀리는 동료들과 훨씬 어려운 동료들이 있었다. 일이 잘 풀리는 동료들이 멀리멀리 날아가는 모습을 보는 것도, 어려운 동료들이 결국 악기를 내려놓고 소리 소문 없이 사라졌다는 이야기를 듣는 것도 때때로 고통스럽다. 모두가 풍족할 수는 없겠지만, 오로지 금전적인 이유만으로 아름다운 선율을 영영 놓는 장면을 목격하는 건 마음이 무너지는 일이다.

작년 초가을, 잠실 주 경기장에서 아이유가 공연을 하던 날. 내 SNS 피드는 온통 들썩였다. 너무 멀리서 찍어서 '빛처럼 동동 떠다니는 저 물질이 진정 아이유란 말인가?' 싶은 영상부터 한껏 달뜬 아이유의 얼굴이 예쁘게 잡힌 전광판 사진까지 인터넷 친구들은 모두 신나나 인증 샷을 올렸다. 공연 리스트에는 〈시간의 바깥〉도 포함되어 있었다고 한다. 나도 듣고 싶은데…. 드론 쇼 동영상을 보며 '와! 21세기의 거대 사이즈 뮤지션은 드론으로 하늘을 수놓고 환상의 세계를 표현할 수 있구나!' 감탄하며, 성황리에 마쳤다는 그의 공연 소식을 흥미롭게 접했다. 많은 사람이 음악과 공연 예술 안에서 행복할 수 있었던 날인 것 같았다. 멀리서 핸드폰을 붙잡고 있는 내 마음도 덩달아 설렜다. 분명 그날 공연장에 있던 사람들은 마법 같은 순간을 몇 번이고 맛보았겠지!

세상에 아이유의 공연이 있는가 하면 디어클라우드의 공연도 있다. 디어클라우드의 공연이 열리는 날엔, 온 서울이 떠들썩하게 뒤흔들리지 않을지라도 누군가의 마음은 떠들썩하게 뒤흔들린다. 장미꽃 모양으로 하늘을 수놓는 드론 쇼가 없어도 누군가는 마음에 붉은 꽃을 품을지도 모른다. 아이유는 아이유라서, 디어클라우드는 디어클라우드라서 할 수 있는 이야기를 계속해 나간다. 누구나 거대한 사이즈의 예술가가 될 수는 없을지라도 누구나 자기만의 예술을 펼치고 나와 닮은 사람들을 만나며 음악을 나눌 수는 있으니까. 무대의 물리적 크기와 무대에서 받는 위안 사이에는 비례 관계가 없다.

팀이 존폐 위기에 놓였던 순간. 개인사로 복잡하던 나는 이 팀 안에서 계속 베이시스트로 살아가는 이유를 스스로에게 물어본 적이 있다. 답은 생각보다 간단했다. 아직 무대가, 음악이, 우리의 소리가 좋기 때문이다. 꼬이디꼬인 내 마음에 이렇게 간결한 대답이 숨어 있을 줄 몰랐다.

지금까지 지나온 길과 앞으로 걸어갈 길을 연결하는 방법을 생각한다. 계속해 나가려면 어떤 방식이 유리할지, 어떤 길이 현명할지 생각한다. 작가로서의 고민과는 전혀 다른 색의 고민이다. 먼 훗날이 될지 아니면 바로 다음에 돌아오는 봄이 될지는 알 수 없지만, 언젠가 소리 내기를 멈추게 되더라도 너무 질척이지 말자는 고민과 앞으로 나의 음악 세계에 어떤 미래가 펼쳐질지라도 겸허하겠다는 다짐으로 중간 사이즈 예술인은 오늘도 걸어간다.

●

놓을 건 놓고, 나 자신을 잃지 않기.
나를 위해 너를 잃게 내버려두지 않기.

●

반복 연습.

1. 중요하지도 않은데 무겁기만 한 것들을 가려낸다.
2. 가장 하찮은 리스트가 1번으로 시작하는 목록을 작
성한다.
3. 1번부터 시작해서 하나씩 내려놓는 연습을 시작하자.
4. 보기 좋게 실패.

5. 중요하지도 않은데 무겁기만 한 것들을 가려낸다.

●

　어렸을 적, 아침마다 압력밥솥에 밥을 짓던 숙희 씨는 밥을 태운 날이면 내 옆에 붙어 앉아 머쓱해질 정도로 미안하다 했다.

　탄 밥, 설익은 밥, 된밥, 진밥 그 무엇이든 엄마가 지은 밥은 다 잘 먹던 시절이라 자꾸 "미안하다, 여기는 탄 냄새가 덜 나니 여기 먹어라" 하는 숙희 씨를 이해할 수 없어서 갸우뚱하곤 했다. 한참 지나 몸만 쑤욱 커져 어른이 되었을 때, 그녀와 내가 드디어 모녀 관계를 벗어나 좋은 친구가 되기 시작했을 때, 그때의 일들이 생각나서 숙희 씨에게 왜 그렇게까지 미안해했냐 물었더니,

　"엄마가 한눈팔아서 밥이 탄 거잖아. 너 먹이는 밥 짓다가 한눈판 게 미안해서 그랬어."

　"에이 그게 뭐야! 깔깔깔."

　한참을 웃고 돌아서 내 집으로 돌아오는 길에 숙희 씨가 미안하다 미안하다 하던 장면이 떠올라서 마음이 와르르 무너진다. 20년 동안 매일 집중하고 지었던 당신의 아침밥으로 만

들어진 나라는 사람. 그만큼 행복하고 그만한 가치 있는 모양으로 살고 있는지 생각하다 와르르.

행복하지 않아도, 가치 있는 사람이 아니라도 괜찮다고 생각하며 살지만, 숙희 씨를 생각하면 더 잘해야 할 것 같고, 더 멀리 가야 할 것 같은 그런 기분.

•

'매사에 객관적인 사람' 같은 건 없다.

매사에 객관적인 건 애초에 인간의 영역이 아니다.

•

어제 만난 사람은 시집도 TTS 기능(문자를 음성으로 변환해 주는 기술)으로 듣는다고 한다. 그건 그렇게 해서 느껴지는 것이 아닐 텐데… 생각한다. 스토리텔링에 있어서 화자의 의도가 중요하던 시점은 이미 오래전에 지났다. 어차피 세상에 던져진 작품의 해석은 받아들이는 사람의 몫.

그런 의미에서 잘 부탁드립니다. 감사합니다. 네.

•

그저 찰나겠거니… 예상한 상황은 해를 넘어 계속되고, 영원하리라 믿었던 상황은 예고도 없이 뚝 끊어진다.

단 한 번의 깊은 호흡에 배꼽 아래 가장 깊숙한 곳까지 시린 바람이 들어온다.

•

똑똑하게 감각하되 염세적인 자신을 치우고 낙천적인 태도로 삶을 대할 것.

친절하고 다정한 사람으로 살기 위해 쓰는 에너지는 한 톨도 아까워하지 말 것.

네가 지금 서 있는 그곳이 어디인지는 중요하지 않아.

네 마음이 어디를 향하고 있는지가 중요할 뿐.

이번 책에서만큼은 지나치게 감상적인 상태를 애써 지우
지 않기로. 만약 그것이 치부가 될지라도.

•

온몸에 힘을 주지 않아도 하루를 살아갈 수 있을 만큼 푸근해졌다.

계절의 단상이 밀려온다. 다음 차례인 계절이 내가 가장 사랑하는 계절을 온 힘으로 밀어내고 있다. 지금 바로 이 순간, 완전한 봄이 찾아오기 전 겨울의 심장이 나의 심장에 도망가라고, 거대한 것이 밀려오고 있다고 소리친다.

봄의 요란과 희망이 동시에 직선으로 밀려온다.

•

　심심하지 않게 티브이를 켤지, 주의가 분산되지 않게 라디오를 들을지, 조용히 앉아 생각을 시작할지, 적당히 괜찮은 영화를 보러 가깝고 의자가 편한 멀티플렉스 영화관에 갈지, 조금 더 취향에 가까운 영화를 찾아 멀고 의자가 불편한 독립 영화 상영관에 갈지, 조금 잠을 설칠지도 모르지만 정신이 번쩍 들게 해 줄 커피를 마실지, 짧은 기쁨을 느끼게 해 줄 핫초코를 마실지, 이국적인 이름이 붙은 열대 과일이 가미된 음료를 마실지, 설탕은 얼마나 넣을지, 얼음 컵은 필요할지, 빨대를 사용할지, 냅킨이 필요할지, 편하게 앉아 눈 아픈 노트북 모니터를 보고 있을지, 커다란 데스크톱 앞에 정자세로 앉을지, 15분 거리의 수영장에 가기 위해 조금 부지런히 걸을지, 10분 더 자고 택시를 잡아탈지, 누구를 만날지, 무엇을 먹을지, 어떤 음악을 들을지, 어떤 옷을 입을지, 어떤 신발을 신을지, 어떤 취미를 즐길지, 어떤 생각을 할지, 어느 팀을 응원할지, 어떤 모양을 좋아할지, 어떤 모양을 좋아하지 않을지.

　순간의 결정이 모여 행동의 패턴을 만들어 가고 새로운 패턴이 나를 본래의 나와 조금 다르게 만들어 놓는다. 변화란 절대 두려워할 일이 아니라는 사실은 알고 있지만, 변화한 모습은 각자의 책임이라는 점이 두렵기도 해.

·

좋은 결정을 내릴 줄 아는 사람들이 더 멀리까지 간다. 하지만 멀리 간다고 해서 더 만족하게 되는 건 아니다.

·

좋은데 왜 좋은지 구차하게 설명해야 할 때 곤란해.

·

멀리에서부터 봄바람이 날아들었나
자꾸 멀리 떠나고 싶어 들썩거린다.

•

졸싹대는 마음이 혀에 닿아 말실수를 하고 만다.
너무 신이 나도 문제.

•

너무 많은 말을 쏟아서
모든 것을 망치지 말자고 다짐하는 아침.
하고 싶은 말을 다 할 수는 없겠지만,
그럼에도 이해를 바라는 욕심.

끝이 왔다. 그리고 다시 시작이 왔다.
끝과 시작은 생각보다 자주 우리를 기다리고 서 있다.

●

10대 때의 우울은 위험한 상상에 기대어 위로받았고,
20대의 우울은 친구들과 나누며 치유했다.

서른.
새로운 나이의 새로운 봄에 깨어난 나. 매일 아침 배꼽부
터 울고 싶어진다. 이 낯선 기분을 떨쳐 내려면 어찌해야 하나.

부디 걸음을 멈추지 않을 힘과 용기가 남아 있기를.

•

예전엔 여행지에서 하늘이 파란색이면

'와, 하늘이 예쁘다' 하면서 기뻤는데 요즘은 생각이 거기서 딱 멈추지 못하고 '와, 서울은 지금 미세먼지 때문에 난리인데 여기는 이렇게 하늘이 파랗구나'까지 생각한다. 시야가 넓어지면서 꼬이기 시작할 때, 마음을 가다듬고 좋은 것을 보고 즐거운 일에 집중하지 않으면 곤란해진다.

런던 4일 차. 정원이 근사하고 예쁜 소리로 우는 새들이 날아다니는 메릴본의 숙소에서 체크아웃했다. 작은 안부를 건네는 기분으로 호스트에게 "오늘 날씨가 좋네요" 인사를 건넸는데 "날씨… 음… 영국인들은 날씨에 대해선 이야기하지 않으려고 해요" 대답하는 모습을 보고 '맞다, 그랬어. 영국인들은 자기네 날씨가 나쁘다고 생각하지' 하고 기억해 낸다. 생각이 그냥 지나가지 않고 '와…! 혹한기 혹서기라고 들어 보셨나요, 이렇게 하늘 높고 구름 춤추고 나무들은 몇백 년씩 아름답게 자라는 날씨에 살면서 잘도 그런 이야기를 하는군요' 말하고 싶어진다. 이야기를 맞받아치고 싶은 의지와 상관없이 '혹한기'나 '혹서기'를 영어로 어떻게 표현해야 할지 모르는 나로서는 막상 입을 열었더라도 의도를 정확히 표현하지 못했겠지만.

생각해 보면 호스트 입장에서는 그저 다른 나라의 날씨가 어떤지는 잘 알 수 없을 뿐이고, 자기가 살아온 나라의 날씨가 좋지 않다고 느껴서 자기 문화권에서 흔한 말장난을 건넨 것뿐인데 나는 속으로 꽈배기처럼 꼬고 만다.

시야가 넓다고 무조건 좋은 건 아니다. 좁게 보고 집중해서 나아가는 힘을 잃게 된다는 뜻이기도 하니까. 똑똑한 멍청이가 되지 않기 위해 입 밖으로 뱉고 싶은 말을 속으로 삼킨다. 다행히도 오늘은 아슬아슬 세이프.

●

“너는 가끔은 물 많이 줘서 축 처지고 가끔은 물 모자라서 축 처지는 식물들이랑 똑같아.”

●

손에 잡힐 듯 단순한 만족에 기뻐하다가도 이내 정신을 차린 듯 염세적인 내가 기쁜 나를 밀어낸다. 마음속의 감옥에 아무리 꽁꽁 가두어도 기세 좋게 빠져나와 나를 조롱하는 솜씨 좋은 염세적인 나.

•

유난히 힘들었던 2년 만의 단독 공연이 끝이 났다.

공연이 잡히던 그 순간부터 마지막 앙코르를 연주하고 내려오던 그 순간까지 극단적인 감정 과잉 상태로 살았다. 불안했다. 모든 행동에 앞서 불안을 느꼈다. 먹다가도, 걷다가도 갑자기 불안했다.

새로 연주해야 하는 곡들, 수많은 스태프, 회의들, 예민 덩어리가 된 몸, 나를 괴롭히기로 작정한 꿈, 나는 간절히 원했고 동시에 원하지 않았다. 나는 용감했고, 동시에 두려웠다. 매일 다시 나를 사랑하기로 다짐하면서도 가차 없이 혐오했고, 매트리스 아래에 바늘 하나라도 놓여 있으면 잠들지 못하는 동화 속 공주가 된 기분이었다. 내 이성은 모든 것의 실체를 다 알고 나를 안심시키려 노력하지만, 불안이라는 녀석이 마음의 한중간을 차지하고 나면 사는 동안 쌓여 온 나의 상식, 이성, 지혜, 그 어떤 것도 불안을 이기지 못하고 산산이 부서진다. 불안과 괴로운 망상이 협공을 시작하면 그들을 막을 수 있는 방법은 아무것도 없다. 그저 수면제를 집어삼키고 침대로 기어들어가 그날 밤 꿈은 너무 지독하지 않기를 기대하는 수밖에는. 그러고 나면 다시 아침. 똑같은 불안이 몸뚱이를 불려 다시 마음에 기어들어 오기 시작하는 아침.

어렵고 괴로운 것들이 너무 쉽게 좋은 것을 집어삼키고 평안을 지운다. 수없이 많은 밤을 쌓아 올린 평안도 순간의 불안 앞에선 불구덩이 안에 던져진 종잇조각처럼 순식간에 불타 사라진다. 정신이 망상과 싸우는 동안 몸이 백기를 흔들고 만다. '몸이 정신에게 지는 건 이렇게 초라한 마음이 되는 거구나' 하며 슬퍼진다. 나약한 내가 강인하려는 나를 훼방 놓는다.

　　무대 위에 올라 첫 곡을 연주하며 '그래, 이런 거였지!' 하는 순간까지 몇 시간을 위해 몇백 곱절의 시간 동안 몸부림친다. 털어 버리고 싶다. 좋은 사람들의 눈빛만 남기고 쓸모없는 부스러기는 모두 사라져라.

낙관의 마음을 놓아 버리면

내 손엔 정말 무엇도 남지 않는다.

●

　의욕 부진의 봄을 살고 있다. 언제나 혐오하던 '봄'이라는 계절의 특수성은 식물을 좋아하게 된 이후로 조금 흐려지는 듯하지만 마음이 약해지는 밤이면 잊지 않고 다시 찾아오는 봄밤의 감정이 있다. 당신이 완성한 4월의 저주도 잊지 않고 기든다. 초인적인 힘을 발휘하며 고통스럽도록 짜내어 쓰고 듣고 말하는 나를 좋아한다. 나를 파괴하는 방식 중 그나마 가장 건강한 방식을 택한다.

　오랜만에 걷고 또 걸었다. 어제까지는 슬플 만큼 미세먼지가 나빴는데 오늘 오후부터는 다시 보통의 공기를 즐길 수 있었다. 보통이 감사한 나날들. 한참 걷는데 달이 참 아름다웠다. 양화 대교 아래, 나의 발소리와 저 멀리 존재하는 새들만 있다.

　생각을 멈추는 연습이 효과적인 날엔 꽤 깊은 잠을 잔다. 그리고 아침이 오면 어김없이 혼자 버터와 빵을 먹는다. 〈셰이프 오브 워터〉의 OST를 틀고 물의 기운을 느낀다.

●

　시와 가사는 닮았지만, 정반대의 마음으로 대해야 온전히 받아들일 수 있게 된다. 한쪽은 친절하게, 또 한쪽은 반대로.

●

　잔잔하게 속상한 마음으로 잠에서 깨어났다.
　지난밤의 어둠이 밤사이에 물러나지 않고 오늘도 흐릿하게 내 옆에 서 있을 모양.

●

　해가 떠 있는 시간을 무기력하게 날리고 나면 자괴감이 몰려온다. 이럴걸, 저럴걸, 차라리 그럴걸….
　무기력하게 날아간 시간은 어디에 숨죽여 모여 있을까.

•

누워서 울기만 한다고 달라지는 건 없다. 바로 다음 주부터 시작되는 새로운 일을 승낙했다. 신발을 신고 밖으로 나가면 괜찮아질 줄 알았지만, 아무것도 괜찮아지지 않는다.

'이걸 할 수 있으면 괜찮아질 거야. 저걸 할 수 있으면 괜찮아질 거야.' 스스로에게 책임지지도 못할 약속을 끝도 없이 늘어놓으며 하루하루 더 살아간다. 모든 것을 취소하고 하나둘 문을 걸어 잠그던 마음을 돌려놓는다.

기쁜 날에도 슬픈 날에도 살아 있기 때문에 지불해야 하는 것들이 쌓여 간다. 새로운 일을 승낙했다. 다시 글을 쓰고 SNS 세상으로 돌아간다. 어떤 것을 해낸다고 괜찮아질 마음이 아니란 걸 이미 알고 있지만, 아무것도 해내지 못한다면 더욱 괜찮지 않을 것이다. 손바닥으로 댐의 구멍을 막고 서서, 숨겨지지 않는 마음을 숨기고 살아간다.

살아간다.

사람들은 너의 슬픔을 보고 싶어 하지 않아.
슬픔이 너를 관통하고 지나간 자리에
네가 꽃을 피울 수 있다면 그 꽃을 봐 줄 거야.

슬픔을 흘려보내라 아이야. 꽃을 피워라 아이야.
괴물에게서 멀리 도망가라,
돌아오지 못하게 문을 꼭꼭 닫아라.

•

불행하지만 동시에 찬란해 보이는 사람을 만나고 돌아와서 나의 불행을 들여다본다. 소리 내 불행을 꺼내는 사람들은 얼마나 용감한가.

나는 아주 어린 시절부터 불행한 기억을, 울고 싶은 기분을 마음에서 조금씩 작게 잘라 없애 버리는 습관을 들이기 시작했다. 어리광 부리지 않았다. 그저 작게, 더 작게 잘라 내어 조금씩 버리는 법을 알고 있기 때문에 그 크기가 너무 크지만 않다면 불행이 가져오는 작은 폭발은 시간이 흘러가며 결국 잠잠하게 잦아든다.

하지만 이 방법은 너무 오랜 시간이 걸리고, 불행을 아무리 작게 잘라도 결국은 마음에 작은 부스러기를 남기곤 한다. 불행이 남기고 간 부스러기가 쌓이고 또 쌓여서 눈덩이처럼 불어나면 정기적으로 찾아오는 '나를 괴롭히는 밤'에 도착한다.

그래도 불행을 소리 내 말하는 것만은 마치 귀신과 눈을 마주치는 일처럼 느껴져서 그 커다란 감정은 계속 꼬깃꼬깃 접어 꾹꾹 눌러 담고 모퉁이부터 조금씩 잘라 버리기를 계속한다. 부스러기, 작은 폭발, 감당하거나 감당할 수 없는 마음.

불행을 소리 내어 말하면 사라지나요?

당신의 불행이 나를 따라 내 집 안에 들어온 건가요?

찬란한 당신에게 물어보고 싶어졌습니다.

•

　　서른의 봄, 서른하나의 봄을 거쳐 서른아홉의 봄에 닿았
다. 한국 나이로 서른아홉이다가 마흔이 되던 해엔 만 나이가
도입되며 다시 서른아홉 근처에 머물렀다. 올해의 생일이 지나
고 만 나이로도 온전히 40대에 도착한다. 이 길고 긴 서른아홉
이 정말로 끝난다. 묘한 나이에 오래 머물렀다는 생각.

•

어떤 일을 앞두고는 증폭되는 불안감에 잠 못 드는 사람.
전부 준비해 두고도 아무것도 준비되지 않은 상태라고
여기는 사람.

두려운 것들은 언제까지고 두려울 것이고,
괴로운 것들은 언제까지고 괴롭겠지.

그저 그 어두운 마음 앞에 조금 더 단단히 서기 위해
그냥 하루를 살아 내자.
그냥 하루만 살아 내자.

나를 받아들이고 달래며 오늘도 다시 시작.

•

　　가벼운 잡무를 처리하기 전에도 의미 없는 바느질을 끝도 없이 해야 하는 상태. 내 마음에 귀를 기울이지 않으면 큰 탈이 날지도 모른다. 봄이 이렇게 무섭다.

•

　　이렇게 과민하고 광인 같은 나를
　　오늘도 내가 곤란해한다.

•

　내 글에서 '나'라는 글자를 지우고 싶다. 여기저기 문장들 사이에서 내가 튀어나올 때마다 두더지 잡기처럼 뽕 뽕 뽕 때려서 지우고 없애고.
　나 나 나 나 나 나.

•

　죽음에 대해 생각하는 시간이 늘었다.
　어떤 시기를 지나고 있는 것이겠지.
　삶에 대해 생각하는 시간이 더 늘어났으면 좋겠다.

•

　　장마철의 당일치기 제주 강연. 아침 8시 비행기를 타고 가서 밤 8시 비행기로 돌아오는 일정. 공항에서 서귀포 중앙 도서관까지는 1시간 25분이 걸린다. 중산간에 들어서니 무시무시한 안개. 바로 앞차의 비상등조차 보이지 않아서 엉금엉금 기다시피 간다. 한나절 빌린 렌터카 안에서 이번 생을 마감하게 되는 건가… 하는 망상. 모든 차가 비상 깜빡이를 켜고 달리는 와중에 신기하게 오직 나만 서행한다. 다른 사람들에겐 이 정도 안개는 아무것도 아니라는 듯.

●

"그래 봐야 죽기밖에 더 하겠어"
그리고 바로 뒤에 따라붙는
"그러다 진짜 죽기라도 하면 어쩌지"
미련하게 또 하루.

●

지난주에는 강원도에서 깔깔 웃으며 전화했던 엄마와 이
모들이 오늘은 제주도에서 전화를 해 왔다. 6, 70대 자매들에겐
그곳이 어디든 함께 있는 곳이 바로 집일까.

•

　이모부가 돌아가시고 큰 집에 혼자 남은 이모는 집이 커서 오히려 좋다고 한다. 큰 집에 혼자 남은 사람을 걱정하는 마음은 오히려 참견일까. 이모는 정말로 집이 커서 오히려 좋은 걸까.

•

　장례식장에서는 절을 하는 대신 묵념을 한다. 신앙의 흔적이 남아서 묵념을 택한 건 아니고 수십 수백 번 맞절을 해야 할 상주의 무릎이 걱정되어서 그렇다. 슬픈데 무릎까지 아프면 더 힘드니까. 너무 슬픈데 자꾸 무너져 절을 하고 다시 멀쩡하게 우뚝 일어서야 하면 너무 괴로울 테니까. 화형이 커다란 하얀 국화가 아름답다. 국화는 매번 슬픈 일에만 불려 다녀서 속상한 기분일까. 꽃들에게도 감정이 있겠지.

·

　마음이 가난해서 오늘따라 팥죽이 더 맛있고 마음이 가
난해도 시간은 잘만 흐른다. 며칠 만에 열어 본 이메일에는 스
팸 메일만 가득하고 창문 밖에서는 시끌벅적한 소리가 들려온
다. 며칠간 무얼 해도 손에 잡히지 않고 몽롱했다.

　어제는 작업실 피아노 앞에 앉아 있는데 내가 하고 싶은
이야기들이 떠오르지 않고, 하기 싫은 이야기들이 쓰였다. 그
런 노래는 만들고 싶지 않다. 상처를 내는 노래를 쓰는 사람이
되고 싶지 않다. '지금 나를 들여다보고 있는 것은 아무런 의
미가 없구나' 하고 피아노 뚜껑을 덮었다. 무언가를 새롭게 시
도하기 전에 몸과 마음에 쌓인 독이 빠져나가도록 조금 더 기
다려야겠다.

　오늘도 일찍 일어났다. 갑자기 없던 의욕이 솟아난다. 이
탈리안 파슬리, 바질, 로켓 모종을 분갈이하면서 작년에 죽은
알로카시아 화분에 남아 있던 흙을 엎어 본다. 흙에는 말라빠
진 알로카시아 뿌리가 약간 섞여 있었는데 껍데기를 남긴 상태
로 속은 모두 바스러져 버렸다. 흙 속엔 '알로카시아. 따뜻하게,
물은 듬뿍'이라고 또박또박 적어 놓은 푯말이 섞여 있다. 따뜻
하게 해 주고 물을 듬뿍 주는 게 전부는 아니었나 보다. 어쩌면
너무 따뜻하고 너무 물을 듬뿍 주었을지도 모르겠다. 그 중간

이 항상 가장 어려우니까.

　방치되어 있던 흙은 아직 보드랍고 양분이 가득해 보인다. 몽실몽실 뭉쳐 있는 흙을 손으로 잘게 부수면서 그래도 살자고 다짐한다. 아침부터 조금 울었다. 막 일어난 얼굴로 베란다 바닥에, 잠옷 바지에 흙을 묻히고 나서야 작은 화분 세 개의 분갈이가 끝나서 바람이 잘 들고 해가 가득한 곳으로 화분을 옮겨 놓았다.

●

"계속 계속 많이 많이 써 주세요."

그런 이야기를 들었다. 기쁘다. 쓰는 사람으로서 나의 존재를 긍정 받는 이야기. 오늘 치 위안이 마음에 내려앉아 무엇이든 쓸 수 있을 것 같은 상태가 된다. 마음의 근육이 약해 빠진 나는 살다가 이런 이야기를 만나면 후후 불고 주섬주섬 주머니에 넣어 수집한다. 다정함 없이는 한 발자국도 나아가지 못한다. 내가 나를 믿는 것과는 별개로 독자의 마음, 편집자의 마음도 나를 믿고 있다는 응원이 필요하다. 그것도 아주 주기적으로 필요하다. 내 마음이 어찌나 소모적으로 생겨 먹었는지 송구스럽다.

●

마감을 앞두고 매일 쓰고 있다. 가만히 쓰다가 허공을 바라보고 지운다. 낮에는 조절할 수 없는 외부 일정이 있어서 꾸미고 외출. 동네를 벗어나는 게 오랜만이다. 사람들과 인사를 나누고 눈앞에 펼쳐진 광경을 바라보려 노력하지만, 집중이 잘 안 된다. 고작 얼마 만에 현실 감각이 흐릿해졌음을 느낀다. 이 공간에서 멀어지고 공기와 온도가 낯설어진다. 낮에 썼던 문장이 오버랩되어 보이기 시작한다. 이렇게 진득하게 책이 보여 주는 길을 따라 쓰고 지우고 환희를 맞이할 때 나는 가장 살아 있고, 가장 괴롭다.

오늘 쓴 글이 마음에 들어서 읽고 또 읽는다.

이런 날엔 오늘이 끝나지 않길 바란다.

지금 내가 만들어 낸 이 세계의 반짝임,

과하거나 모자람 없이

꼭 맞는 자리에 들어앉은 알맞은 단어.

내일이 오면 온데간데없이 사라져 버릴 것이 뻔한 충족.

내 뇌가 나에게 허용하는 이 기쁨을 조금만 더.

오후에 느끼는

고단한
감정들

▽
▽
▽
▽

▼
▼
▼
▼

●

생일.

똑같이 평범하게 흘러가기를 원하다가도
똑같이 평범할까 봐 우울해.

이런 나로 사느라 나도 참 수고한다.

•

나에겐 빨간색 가죽 가방이 하나 있었다.

얇은 가죽끈과 작은 직사각형 네모로 이루어진 그 작은 가방을 얼마나 좋아했는지 모른다. 낡아서 끈이 끊어지고 가죽이 해체되어 들지 못하게 될 때까지 십수 년간 마르고 닳도록 데리고 다녔다.

빨간 가방은 내가 런던에서 공부하던 시절 런던 브릿지역 앞의 빈티지 숍에서 만났다. 고작 1파운드라는 가볍디가벼운 가격이었다. 가방은 처음 구입했을 때보다 백 번 정도 들었을 무렵부터 더 아름다워지기 시작했다. 내가 구입할 때부터 이미 중고였지만, 내 몸에 맞춰 백 번쯤 들고 나니 완벽하게 길들어 착착 감기기 시작했다. 정말로 내 것이 되었다.

가방에는 가죽과 꼭 같은 색상의 빨간 지퍼가 달려 있고, 이 지퍼로 가방을 열고 닫을 수 있다. 하지만 굳이 지퍼를 이용하지 않고 한중간에 자석이 달린 버클로 여밀 수도 있다. 가방은 단순하게 한 통으로 이루어진 형태가 아니라 귀중품을 보관하기 위한 안쪽 포켓도 있다. 여행을 떠날 땐 이 포켓에 여권과 비상금을 넣어 두고 바깥 포켓에 간단한 소지품을 챙겨서 가볍게 들기 좋다. 대단한 디테일 없이 단순한 가방의 외형 덕에 어떤 옷에 들어도 적당히 어울리고, 빨강의 채도는 존재감을 뽐

어내기에 꼭 알맞은 그런 빨강이었다. 가방을 너무 가까이에 지니고 있었던지라 이제 더 이상은 그 가방을 들 수 없는 꼴이 되었다. 내게 꼭 맞던 빨간 가방을 떠나 새로운 빨간 가방을 찾기 위해 헤매고 있다.

어떤 빨간 가방은 마음에 꼭 들지만 너무 비싸고, 어떤 빨간 가방은 적당한 크기와 무게지만 끈 부분이 체인으로 이루어져 있어서 요란하다. 어떤 빨간 가방은 전체적으로 둔탁한 느낌이고, 어떤 빨간 가방은 젠체하는 기분이라 싫다. 어떤 빨간 가방은 채도가 과하게 높아서 포기하고, 어떤 빨간 가방은 가죽이 두꺼워서 탈락이다. 내 몸에 착 감기던 그 빨간 가방 같은 가방은 내 인생에 다시 없겠지만 오늘도 나는 계속해서 빨간 가방을 찾아 헤맨다. 꼭 맞았다가도 이내 놓아주어야 하는 것. 그런 것이 삶인가.

우리는 이 얄궂은 롤러코스터에 계속 앉아 있어야 한다.

●

마음이 가라앉으면 사랑도 사라지는 걸까?
저기 어디에 파묻혀서 보이지 않게 되는 걸까?
나는 종종 그런 게 궁금하다.

●

마주 앉아 아무리 서로의 눈을 열심히 들여다보고, 즐거운 흔적을 찾으려고 노력해도 그때처럼 서로를 아끼던 사람들은 여기에 없다. 몇 년 사이에 망가진 또 다른 장면을 마주하고 있자니 고통스러운 기분이지만 서로를 포기하지만 않는다면 새로운 웃음이 찾아올 거야.

소중한 것은 형태가 바뀌어도 알아볼 수 있으니까.

•

    낡고 찢어져 내 손을 떠나보낸 빨간 가방을 대신할 가방은 쉽게 찾아지지 않았다. 이제는 십수 년 전 완벽한 빨간 가방을 구입하던 시절처럼 온 동네의 모든 빈티지 숍을 돌아다니지 않는다.

    그맘때 새로워 보이던 것은 이제 새롭지 않고, 재미있어 보이던 물건은 너무 재질이 거칠다. 더 이상은 얼룩진 빈티지 YSL 구두에 발을 밀어 넣으며 '혹시나…' 기대하지 않는다. 그래도 완벽한 빨간 가방을 찾는 여정만은 멈출 수 없다. 무난한 검정 원피스를 입었을 때 지루하지 않게 만들어 줄 작고 빨간 가방. 멀리 여행을 갈 때 들고 갈 수 있는 그런 빨간 가방. 한때 내가 가졌으나 지금은 내 곁에 없는 빨간 가방을 찾아야 한다.

    오프라인에서 찾을 수 없다면 온라인을 공략한다. 내가 아는 모든 브랜드의 공식 홈페이지를 뒤지고, 지칠 때까지 포털 사이트에서 판매하는 빨간색 크로스 백 사진을 본다. 수많은 고민의 밤을 지나 결국 내가 고른 빨간 가방은 적당한 크기와 적당한 무게를 가졌다. 게다가 원래 가지고 있던 빨간 가방과 꼭 같은 색깔이다. 가방은 세 섹션으로 나뉘어 있고 물건을 차곡차곡 수납하기 좋아 보인다. 모든 부분이 흡족하지만 전혀 흡족하지 않은 부분이 하나 있다. 새로 찾은 빨간 가방은 애초에 내가 구입했던 빨간 가방을 1,000개는 구입할 수 있는 거한 값의 물건이라는 부분이다.

세상에 대체할 수 없는 존재가 있는지 생각한다. 연필, 숟가락처럼 사소한 물건부터 가슴이 뜯겨 나가는 아픔을 겪은 사람의 마음까지. 하루아침에 대체되지는 않더라도 인간이란 오랜 기억은 희미해지고, 어떻게든 날마다 다시 살아 나가게 디자인된 존재다. 새로운 대체제를 찾아 헤매는 과정이 지루하고 외롭고 고통스러울지라도 결국은 결말이 온다.

매해 겨울마다 교복처럼 입던 까만 코트는 카키색 롱 코트로 대체되었으며, 사랑은 새로운 사랑으로 대체된다. 슬픔이 지나간 자리엔 슬픔 다음에 오는 감정으로 대체된다. 슬픔은 그냥 슬픔으로 머무르지 않는다. 슬픔 다음에 오는 게 어떤 감정인지는 어떤 마음으로 살아가냐에 따라 달라지지만 말이다.

소중한 마음은 조심히 간직하되 일상이 늘 같은 자리에 머물 거라는, 나를 이루는 모든 요소가 변하지 않고 제자리를 지킬 거라는 기대는 하지 않는 편이 낫겠다.

더는 빨간 가방이 없는 삶을 살 수 없기에 눈 딱 감고 카드를 휘두른다. 가방을 찾아 헤매는 여정이 길었지만, 오래된 빨간 가방은 완전히 대체되었다. 이 빨간 가방이 내 삶에 존재하는 동안 나는 세상에 그 어떤 빨간 가방도 내 방에 들이지 않을 테다.

•

　익숙한 내 집의 창밖 풍경이 이제 다른 이의 풍경이 된다고 생각하니 내가 이사 간 후에 이 집의 주인이 될 사람을 질투하게 된다. 남서쪽을 향하고 있어 노을이 아름다운 풍경, 저 멀리 귀여워 보이는 비슷한 생김새의 건물 네 개, 창가의 화분들, 웃고 울었던 907호의 수많은 시간들.

　더 좋은 집에 가더라도 거기는 여기가 아니겠지. 멍하니 침대 위에 앉았다가 자꾸 이사 스트레스에 빠지고 만다. 내 삶에 한 부분이 마침표를 찍을 준비를 하고 있다.

●

　가끔 즐겁고 가끔 끄덕거리게 되는 책을 만들고 싶은데 글이 자꾸 어두워져서 곤란하다. 오늘은 내 어둠을 다 열어 보이면 사람들이 멀리 도망갈 거라는 공포에 사로잡혀 있다.

　오늘도 '적당히'는 어렵다. 사실 세상에서 '적당히'가 제일 어렵다.

•

작업에 대해 고민하고 괴로워하는 것에 비해 아웃풋은 시원치가 않다. 절망에 조금씩 가까워지다가 잔이 넘쳐 절망에 푹 빠지고 만다. '그러지 말아야지. 오늘은 날이 아닌가 보지' 하다가도 지속적으로 문을 두드리는 어두운 기분을 잠깐이라도 들여다보고 있자면 어느새 내가 어둠이 되어 있네.

그러지 말아야지.
그러지 말아야지.

도망가자. 나를 끌어내는 것들에게 무릎 꿇지 말자.
어깨를 펴고 허리를 꼿꼿하게 세우고 그렇게 살아야지.

공허함을 견디지 못하고 무너진다.

다시 일어나기가 조금씩 더 힘이 드는 것 같은 기분.

착각이라면 좋겠네.

당신과 나의 행복은 참 순간의 것이구나.

아주 짧은 순간. 그 순간을 위해 살아가는 삶.

그러다 어떤 날엔 갈망하게 된다.

짧은 순간의 행복만을 바라보는 것이 아닌

미지근한 평안함을 향해 가는 삶.

갈림길에 서 있음을 감각한다.

•

등을 곧게 펴고 앉았다가 익숙하고 시끄러운 고통이 찾아와서 그냥 구부정하게 앉아 있기로 했다. 길게 자라 눈을 찌르는 앞머리를 신경질적으로 넘기고 일부러 헝클어뜨린 머리를 질끈 묶는다. 움직일 때마다 테이블 위에 놓인 물건을 떨어뜨리고 넘어뜨리는 거친 상태에 돌입한다.

생각이 돌고 돌아 다시 부정적이거나 자학적으로 생각하기 시작. 나의 구석을 이루는 어떤 나는 어째서 이다지도 고약한 성미를 지니게 되었나. 웃음을 간직하지 못하고 마이너스로.
시간을 허비하고 싶은 마음.

•

원하고 욕심내어 앞으로 앞으로 나아가다 넘어진다. 나를 미워하고 찢어발기면서도 다시 툭툭 털어 다음으로 책장을 넘긴다.

•

　일과 쉼의 밸런스가 여전히 어렵다. 스케줄이 빽빽한 기간엔 바빠서 괴롭고, 스케줄이 헐렁한 기간엔 나의 쓰임을 가늠해 보다가 괴로워진다. 끊지 못하고 반복하는 고리. 몇 가지 스케줄이 취소되고 나니 달력이 휑하다.

　시간이 지나도 나를 벌어먹이기는 수월해지지 않는다. 방 안에 가만히 앉아서는 아무런 변화도 일어나지 않고 모든 상황이 조금씩 나빠질 뿐인데, 멈춰 있는 상태를 갈망하는 마음이 자꾸 더 자란다. 안으로 들어가 숨으려는 나를 살살 어르고 달래어 세상 앞에 내놓는다. 맑은 바람을 쐬고 차가운 비를 맞아야 계속 나아갈 수 있다. 괴로운 날엔 자꾸 이파리를 닦고 멀리 걷자.

　바쁠 땐 바빠서 만족하고, 한가할 땐 한가해서 여유롭고 싶다. 분명 나에게도 그런 날들이 있었는데, 요즘은 아니다.

•

　루틴이 없는 삶을 살고 있다. 출근이 없다는 점이 큰 장점인 나의 직업에는 퇴근도 없다는 단점이 있다. 장점과 단점은 같은 지점에서 출발하곤 하니까. 아침에 눈뜨자마자 진행 중인 프로젝트에 대한 생각으로 머릿속을 채우기 시작하고(사실상 이 부분이 출근과 비슷하다), 일이 넘치는 기간이라면 잠들기 직전까지 새로운 아이디어를 찾아 내 머릿속을 헤집다가 잠든다(이 부분이 퇴근과 비슷한가?). 일에 대한 생각이 의식을 지배하고 있다면 무의식마저 시달리는 상태에 접어들 수밖에 없다. 마치 내 머릿속에 내가 아직 들여다보지 않은 비밀의 방이 있고, 그 방 안에는 새로운 이야기들이 가득 차 있을 거라 기대하는 사람처럼 의식의 구석구석을 샅샅이 살핀다. 일하는 모드일 때의 스스로를 침실에 들이지 않기로 수십 수백 번 약속해 왔지만 내 의지로는 정확하게 나눌 수 없는 지점이라는 사실을 인정해야 한다.

　외부 강연, 공연, 방송, 원고 집필과 연습 등의 복잡한 일정으로 스케줄러가 터져 나갈 정도로 빽빽한 일정을 소화한 적이 있다. 잠을 줄여 일하고 독기로 일정을 완수하고 돌아보니 70일이 넘는 기간을 단 하루도 휴일 없이 보냈다는 사실을 알게 되었다. 외주 작업을 받는 입장에서 일정을 조절할 수 없는 경우가 대부분이고, 한번 맡은 일을 완수하기 위해 일정이 섞여도 군소리하지 않고 마치는 것을 중요하게 여기기 때문에 이렇게 일하기와 쉬기의 경계가 애매한 날들을 연속해서 보내게 된다. 그러다 보면 번아웃에 빠지기 십상이다.

주변에서 안식날이나 안식년을 보내는 프리랜서들을 보며 맺고 끊음의 기술에 감탄한다. 나는 긴 여행을 떠나서도 이 나라에서 시작한 원고를 다음 나라에서도 쓰고 또 그다음 나라까지 끼고 다니는 인간이다. 효율이 아주 낮은 상태로 일을 처리할뿐더러 어쩌면 나라는 사람은 일하는 스스로를 좋아해서 가능한 질질 끌고 다니는 건 아닐까 의심하기도 한다(결과적으로는 마감이 가까울 때 능률이 더 오를 뿐, 일부러 질질 끄는 건 아니라는 결론에 도달했다).

일이 끊임없이 들어오는 시기와 정반대로 일이 뚝 끊기는 시기도 있다. 이렇게 심심한 날이 오면 일단 한숨 고르며 생각한다. '나는 불안한가?', '나는 피로한가?', '나는 우울한가?' 그러다가 '분명 지금 심심한데 마음이 괴롭거나 어딘가로 떠나야 할 것 같은 욕구가 없네?'라는 결론에 도달하면 참말로 기쁘다. 심심하다는 감정이 마음의 위치를 알려 주는 척도가 되기도 한다.

사람이 많지 않은 시간의 한강 공원을 걷고, 보고 싶은 드라마를 보고, 몇백 몇십 부작인데 아직도 연재 중인 웹툰을 정주행하고, 세계 문학 전집 중 읽었던 작품을 골라 다시 읽고(강력하게 추천한다), 아무런 목적 없이 일자로 꿰매는 바느질을 계속하다 보면 마음의 찌꺼기가 털려 나간다. 꼬인 마음이 풀리고 엉킨 생각들은 지워 가며 한바탕 마음의 방을 비운다. 비워야 새로운 생각을 받아들일 수 있다. 나의 약점을 다시 마주하며 약한 부분엔 부목을 덧대어 단단하게 고정한다. 여기저기 걸리는 모난 생각을 분해해서 핵을 찾아내고, 화해를 시도한다. 쉬어 가는 나를 미워하지 말고 나와의 시간을 무사히 보낸다.

평안하게 심심한 날들이 다시 나를 재정비시키고 세상과의 기 싸움에서 지지 않도록 무장시켜 준다. 바쁘고 괴로운 일에 가로막혀도 부러지지 않고 유연하게 지나갈 수 있는 상태를 놓치지 않는 것. 만성 번아웃 내향형 현대인들이 살기 위해 가져야 하는 자세.

•

　　며칠 연속해서 본 영화 두 편이 뇌리에서 사라지지 않는다. 〈타르〉와 〈더 웨일〉의 우울. 케이트 블란쳇과 브렌든 프레이저의 포효. 브렌든 프레이저가 딸이 쓴《모비 딕》독후감을 읽던 장면을 떠올리며 나도《모비 딕》을 다시 읽기로 한다.

•

　　그리하여 오고야 말았어요.
　　완전한 반팔의 계절이. 무너지고 녹아내리는 날들이.

　　여름은 싫지만, 초여름이라는 단어가 입천장을 스치고 가는 느낌은 좋지 않나요. 이번에는 몇 번을 숨고 싶어지고, 몇 번을 도망치고 싶어질까요.

　　견뎌 내요, 살아질 테니. 그리고 다시 바람만 불어도 두근거리는 가을이 올 거예요.

•

　여름엔 눈이 번쩍 뜨인다. 침대 안에서 꼼지락거리기엔 뜨끈한 방 안의 온도가 나를 깨운다. 밤사이 냉침해 둔 꿀 홍차를 마시기 위해 냉장고를 열 때 어제의 내가 오늘의 나를 위해 준비한 작은 꾸러미를 열어 보는 기분이다. 오늘 첫 번째로 설렜다. 이 차를 차갑게 마시는 것은 처음이라 어떤 맛일지 기대된다. 비 때문에 창문을 꽁꽁 닫고 잠이 들어서 집 안이 후끈하다.

　2층의 식물들이 지치지 않도록 선풍기를 틀고 온 집 안의 창문을 활짝 연다. 창문은 시원하게 잘 열리지만 마음의 문은 좀처럼 열리지 않고 있다. 마음 앞에 조심스러운 표정으로 똑똑 두드리는 얼굴이 스쳐 지나간다. 사람뿐 아니라 글도 사진도 음악도 영화도 큰 감흥을 불러오지 못하는 여름이다. 어쩌면 최근 내 마음에 들어온 것은 오직 콩국수뿐인가. 서리태를 갈아 색깔이 수상한 콩 물을 잘 삶은 소면 위에 사르르 부을 때 기분이 좋다. 액체도 고체도 아닌 그 중간의 상태.

●

워터밤 페스티벌에 밀려 락 페스티벌이 많이 줄었다. 더 이상 음악이 주인공이 아닌 시대. 뮤지션이라는 단어와 예술계 노동자라는 단어 사이에 느껴지는 온도 차이.

●

모 기업과 비밀 유지 계약서를 썼다. 수많은 사람들과 소통을 하고 참조가 엮인 수많은 이메일과 문자와 통화를 주고받았다. 회사 이름이 뚫린 종이 계약서 위에 사인을 한다. 이 거창한 비밀 유지 계약을 완료하기까지 두 달이 걸렸다. 이렇게 시간을 쓰고 나니 미리 정해져 있던 일정 때문에 그들의 비밀이 무엇이든 그 일을 할 수 없는 시기에 다다랐다. 나에게 보낸 이메일과 문자와 전화의 대가로 그들은 '월급'이라는 것을 받았겠지. 프리랜서적인 외로움이 몰려오는 순간.

•

　더운 나라에 왔다. 공연 준비 기간에 충동적으로 비행기 티켓을 예약해 두고, 바빠서 제대로 된 준비 없이 비행기표와 호텔 바우처만 들고 방콕에 왔다.

　짐을 꾸리며 200페이지쯤 읽은 726페이지짜리 소설을 챙길지, 아니면 물리적 무게는 가볍지만 내용은 무거운 철학서를 챙길지 고민한 것이 이 여행에 대한 가장 진지한 고민이었다 (결국 두 권 모두 챙겼다).

　이상하게도 방콕 여행은 계획하고 무산되고의 반복이었다. "11월의 방콕이 좋아"라는 태국 친구의 이야기 때문에 여기까지 오기가 더 힘들었을지도 모른다. 친구가 말을 내뱉던 그 순간 아마도 나는 방콕 여행은 11월이 아니고서야 곤란하겠다는 주문에 걸렸겠지.

　공항에 들어서자마자 더운 나라 특유의 느린 리듬이 느껴지고, 하루 이틀 지내다 보니 선한 사람들의 유유자적함이 느껴진다. 몸집이 작은 마사지사가 깊게 눌러 주는 시원한 태국 마사지를 받고, 길에서 파는 20밧짜리 망고를 사 먹으며 쉽게 기뻐진다. 내가 지고 온 고민의 무게가 우스워지는 순간.

　늘 햇살 내리쬐는 수영장의 하루처럼 살 수는 없는 걸까. 따끈해진 의자에 누웠다가 조금 후텁지근해지면 물에 들어가

휘휘 팔다리를 내젓고 다시 시원해진 상태로 잠깐 책이나 읽다
가, 배가 고프면 수영장 바에서 햄버거를 먹고, 지루할 때까지
음악을 듣다가 해가 낮아지고 쌀쌀해지면 방으로 돌아오는 그
런 매일일 수 없는 걸까. 나는 여전히 불가능을 원하고 가능성
밀어내고 있다.

•

　미국 드라마 〈프렌즈〉를 유난히 아끼던 어느 여름이 있다. 이미 세 번 네 번 반복해서 시청한 에피소드를 보고 또 보며 습관처럼 〈Smelly Cat〉을 불렀고(극 중 등장인물인 피비의 노래), 〈프렌즈〉 속 헐렁한 캐릭터들이 마치 나의 현실 친구인 양 느껴졌다. 모니터를 켜면 만날 수 있는 그 누구보다 다정하고 편안한 친구들. 꼭 실존하는 사람만 친구가 될 수 있다는 법은 없으니까.

　얼마 전, 〈프렌즈〉의 등장인물 중 챈들러의 삶이 막을 내렸다. 극 중 챈들러는 다정하고 사려 깊지만, 염세적이며 중독에 취약한 캐릭터다. 챈들러를 연기해 온 배우 매튜 페리도 청소년 시절부터 약물 중독으로 인해 끝없는 고통을 겪어 왔다고 한다. 평생 약물 중독과 싸워 왔지만 이제 더는 약물 중독도, 재활원도, 오피오이드 중독에서 비롯된 결장 파열과 혼수상태를 겪지 않아도 되는 상태에 접어들었다는 사실에 어쩐지 그의 죽음이 새드 엔딩만은 아닐지도 모른다는 생각이 든다.

　모든 죽음이 새드 엔딩은 아니다. 남은 사람들에게는 슬픔일 수밖에 없는 어떤 죽음도 본인에게는 그토록 원하던 평안에 접어드는 유일한 길일 수도 있다. 죽음 앞에 해피 엔딩이라는 단어를 쓰는 건 우리 세계에서 금지된 일처럼 느껴지기도 하지만. 그럼에도 불구하고 어떤 죽음은 분명 그의 최선일 것이다.

먼저 떠나간 아름다운 사람들이 부디 편히 잠들기를.

•

치앙마이의 어느 수영장 모서리에서.

1. 수영장 가장자리에 누워 있을 때만큼은 내 발의 생김새를 좋아한다. 발가락 열 개가 햇살 아래 붉게 물드는 시간이 오면 물에 들어갔다 나온 지 한참 지난 몸엔 이미 물기가 가신 채로 선크림의 유분만 남고, 얼굴은 건조하게 방치된다. 이제 밤의 시간을 위해 천천히 슬리퍼를 걸쳐 신고 실내로 돌아갈 시간.

2. 한쪽 모서리에 앉아 종아리까지 찬물에 담그고 한참 동안 수다를 떨었다. 나뭇가지를 피해 예쁜 무늬를 그리며 수영장 바닥에 도착한 햇살이 마음을 간지럽힌다.

3. 익숙한 소리가 들려 수영장을 바라봤더니 숨을 쉴 때마다 끙끙 소리를 내는 남자가 오늘도 물속에 있다.

4. 이 수영장에서 수영을 하고 몸을 말리기에 가장 따뜻한 자리와 적당히 그늘져서 가장 책 읽기 좋은 자리, 4시 반이 되면 해가 기울어 붉게 빛나는 물결에 익숙해지기 시작할 때 즈음 이제 집으로 갈 날이 가까워진다. 딱 일주일만 더 수영을 하고 열대의 음식을 먹으며 지냈으면 좋겠다. 그 일주일이 다 지나고 나면 또 다른 일주일을 원하게 될까?

．

락 페스티벌이 좋다. 서울이나 수도권에서 으리으리하게 열리는 페스티벌도 좋아하지만, 지방에서 무료로 열리는 락 페스티벌은 특히 더 좋아한다. 다들 즐겁고 헐렁한 무료 공연만의 분위기, 무료이기에 찾아올 수 있는 관객들이 마음 놓고 즐기는 분위기가 좋다. 번데기, 소라, 핫도그가 적힌 작고 노란 현수막이 바람에 날린다. 한바탕 장터가 열리는 축제의 악단이 된 그런 기분을 아주 좋아하게 된 건지도 모르겠다.

오늘은 아산에 있는 신정 호수 근처에서 무대에 올랐다. 여름밤 호숫가의 무대에는 어마어마한 습기와 함께 벌레가 많다. 날벌레가 나에게 돌진해 오는 순간 큰 전광판에 들키지 않으려고 노력하며 놀란 티를 내지 않는다. 제발 벌레가 입으로만 들어가지 않았으면. 신나는 곡을 연주할 때 특수 효과로 불기둥이 뿜어져 나온다. 덥고 습한 무대 위에서 아주 즐거운 총체적 난국.

●

　테라스의 편백나무가 죽어 간다. 혹한기에 얼어 죽은 나무들은 많았지만 더워서 죽어 버리는 나무는 이제껏 편백이 처음이다. 지구가 너무 더워져서 고사하고 있다는 한라산의 구상나무가 떠오른다.

　미국의 사막에 서 있는 나이 많은 선인장들도 죽어 가는 여름이다. 선인장도 견딜 수 없는 여름. 인류에겐 얼마의 시간이 남아 있을까. 이파리와 나무와 산과 동물들과 곤충들만 남은 지구에도 아주 오랫동안 인류가 남긴 쓰레기는 남아 있겠지. 나의 존재는 한없이 해롭기만 하다.

●

　이맘때가 되면 테라스에 받아 둔 물을 마시러 오는 벌들이 있다. 올해는 무리 지어 예닐곱씩 오던 아이들이 전혀 보이지 않고 작은 애들이 가끔 혼자 물을 마시러 온다. 벌들은 다 어디로 갔을까.

●

　새가 날고 나무가 자라고 다람쥐가 오가던 자리를 말끔하게 밀어 버리고 아파트와 상가를 짓는다. 원래 거기에 살던 곤충들이 건물 근처에 얼씬거리기라도 하면 '방역'한답시고 무자비하게 다 죽인다.

●

　한두 시간 조각 작업을 할 때는 2층의 작업방에 에어컨을 틀고 싶지 않아서 부엌에 자리를 잡고 앉는다. 식탁 의자에 앉아 타닥타닥 치고 있으면《자기만의 방》같은 작품들이 떠오른다. 오늘은 부엌에 로봇 청소기를 돌려 놓고 작업방으로 올라가는 계단에 앉아 노트북을 편다.

•

지난밤 쓴 글을 퇴고하다가 글로만 쓰이고 일상에서는 잘 쓰이지 않는 단어들을 걷어 냈다. 단어로 멋을 내지 말고 더 진솔한 방향으로 가자.

•

물과 바람과 공기만으로 창가의 화분은 무럭무럭 자란다. 깨알만 하던 씨앗이 금세 창문을 잡아먹을 듯 올라서는 어마어마한 생명력을 보며 두려움을 느낀다.

●

텃밭의 망초와 닭의장풀이 극성이다. 내가 심어 둔 작약과 튤립과 백합과 수선화와 침엽수보다 훨씬 거대하게 덩치를 키우며 자라난다. 계란 노른자 같은 꽃과 난초를 닮은 파란 꽃이 싫지 않다. "인간이 심지 않은 식물이 제일 잘 자란다"는 친구의 말을 매해 여름마다 다시 실감한다. 손끝에서 달콤한 세계를 만들어 내는 친구의 말은 틀리는 법이 없다.

•

　가시화의 중요성을 믿는다. 사람들이 보지 않을 때는 일회용 플라스틱병에 든 물을 마시지만, 무대 위나 강연장에서는 되도록 일회용품을 사용하지 않으려고 한다.

　내가 할 수 있는 부분에서는 할 일을 하는 사람으로 살아간다. 어제 공연하러 갔던 공연장은 대기업에서 문화 산업의 일환으로 만들어 둔 곳이었는데 무대 위에서 개인 텀블러를 쓰지 못하게 하고 공연장을 소유한 회사가 찍어 낸 물만 마실 수 있다고 하더라. 마음이 상하고 난감해서 90분 공연 내내 물을 마시지 않고 마른침을 삼켰다.

•

　골프는 스포츠가 아니라 환경 파괴라고 불러야 한다. 골프장이 생기면서 터전을 잃고 생명을 잃는 숲과 작은 동물들을 생각하면 속이 뒤틀린다. 골프장 근처에서는 어떤 풀도, 동물도 건강하게 살 수 없다.

·

　봄, 가을, 해가 좋은 시간이면 매일같이 동네 산책로 벤치에 앉아 조는 노인과 개가 있다. 여름이 지나가고 나면 다시 그 둘을 볼 수 있을까.

·

　노인과 개가 늘 앉던 벤치가 사라졌다. 놀이터도 사라지고 새로운 운동 기구들이 들어서는 모양이다. 가을이 오면 노인과 개는 어디에 앉게 될까.

•

　　창밖은 아직 32도의 여름이지만 내 몸은 뜨거운 차를 원하기 시작했다. 찬장에서 차 박스를 꺼내 가지런히 정리된 티백을 하나하나 헤집다가 꿀 홍차를 골랐다. 올봄부터 가장 손이 많이 가는 차는 락슈미의 꿀 홍차. 결국 고르게 될 차는 정해져 있는데 결론에 닿기까지 여러 가지 티백을 헤집어 보아야만 확신이 생기는 내가 피곤하다. 여름 내내 시원해 보이는 유리잔만 사용했는데 이제는 머그컵을 꺼낼 때가 되었다. 우리 집 식물들이 변해 가는 계절을 감각하고 남몰래 새순을 준비하는 것처럼 나에게도 변화를 미리 감지하는 감각이 조금은 있나. 나의 동물적인 감각을 마주할 때마다 기분이 좋다. 지구와 깊숙하게 연결되는 기분. 차를 진하게 우려 마신다. 사흘 밤이 지나면 처서에 도착한다.

•

카페에서 한자리를 차지하고 앉아 있다. 작업 중인 글이 풀리지 않아서 멍하게 노트북 화면을 바라본다. 덩치가 아주 큰 남자가 작고 하얀 개를 데리고 들어와서 자리를 잡는다. 강아지가 귀엽다는 듯이 "돼지야" 하고 부른다. "돼지야 물 먹어", "돼지 앉아", "돼지 조용!"

강아지의 이름이 돼지인지,
혹시 돼지라면 어째서 돼지인지.

•

보리와의 수 목 금 토 일 월.

1. 며칠 여행을 떠난 친구의 강아지(보리)를 돌보는데 산책
하다가 보리의 발톱이 빠졌다. 어딘가 걸렸던 모양인데 전
혀 티를 내지 않고 멀쩡하게 굴어서 모르고 있었다. 꽃잎
같은 피를 똑 떨어뜨린 보리를 보니 속이 상한다. 하얀 강
아지를 데리고 오래 다니던 동물병원에 아이보리색 보리
를 데리고 간다.

2. 30분 동안 동물병원의 인조 가죽 소파에 앉아 기다리
던 보리는 문을 열고 들어오는 사람들에게 관심이 많다.
빠진 발톱 주변의 털을 깎을 때도, 주사를 두 대 맞으면
서도 싫은 내색 한 번을 안 하는 보리를 보고 수의사 선
생님이 "얘 뭐지?" 하셨다. 보리는 천사다. 핑크색 약을 일
주일 먹이면 상처는 덧나지 않을 거라고 한다. 예쁜 발톱
이 자라났으면.

3. 마음의 통증에는 과민하고 몸의 통증엔 둔감한 보리. 나와 비슷한 구석이 있다.

4. 며칠 동안 웃어 주던 보리가 가고 나니 좁은 거실이 넓고 공터 같다.

5. 결국 나도 다시 개와 함께 사는 삶을 꿈꿀 수 있게 될까.

•

    2호선 지하철 계단을 내려가다가 갑자기 깜짝 놀라 발을 헛디딘다. 날 놀라게 한 건 뭘까? 바람도 아니고 소리도 아니고 사람도 아니었다. 감각이 혼자 놀라 고장 난 기분.

•

교복에 운동화를 신고 힘차게 걷는 중고등학생들을 보면 '아이고 예뻐라' 하는 마음이 따라붙는다. 아이들의 걸음걸이가 예쁘다. 밝고 어둡고 깨끗하고 여드름 난 피부도 예쁘고, 휘휘 주변을 둘러보는 산만한 아이들도 참 예쁘다. 생각해 보면 내가 그 나이에 그렇게 힘차게 걸어갈 때도 동네 할머니들이 "아이고 예뻐라" 하신 적이 있는데, 아마 이런 마음이셨을까.

아이들이 아무리 예뻐도 "아이고 좋을 때다"라는 소리는 안 나오는 것을 보면 열다섯에서 스물, 그 변화무쌍한 나이가 꼭 좋기만 한 나이는 아니야.

얼마나 많이 울었는지, 얼마나 억울했는지, 얼마나 사람이 좋았는지, 얼마나 사람이 싫었는지, 부러질 것을 빤히 알고도 불합리함 앞에 고개를 빳빳하게 치켜들고 대들던 일은 얼마나 많았는지, 얼마나 세상에 화가 나 있었는지, 얼마나 죽고 싶었고 얼마나 살고 싶었는지, 얼마나 괴로웠고 얼마나 쉽게 깔깔 웃었는지, 얼마나 허기가 지고, 얼마나 마음도 고프던지, 얼마나 내일이 오는 게 싫었는지….

그때의 나를 뒤돌아보며 쓰다 보니 지금의 나와 다른 구석이 별로 없기도 하네.

●

　"어렸을 때 너는 그림을 그리라고 종이를 주면 한꺼번에 양손으로 똑같은 그림을 그리던 아이였어."

●

　이 계절의 모든 것들이 나에게 머물러서는 안 된다고, 나아가라고 말 걸고 있다.

　가을은 조금씩 더 진한 냄새를 풍기기 시작했다. 봄, 여름을 돌아 도착한 귀한 바람을 내 몸에 감아 준다. 가만히 정체된 것들과 내겐 공통점이 있다. 이런 시간이 길어지면 고여서 굳어 버릴 것이라는 점. 조금 더 빨리 걷기.

．

　　타닥타닥 열심히 쓴다. 지우는 분량보다 살아남는 분량
이 많으면 좋겠다.

　　10월에 최대한 많이 써 두고 싶어서 달력을 보다 마음을
들여다보곤 한다. 올가을은 조금 놓쳐도 괜찮다는 기분이 들었
다. 열심히 쓰다 보면 자꾸 외롭다. 벽을 보고 던지는 말들이 반
사되어 온다. 나를 찌르고 간다.

．

　　무대에서만 느끼는 감정이 있다. 아주 짧은 순간에 지나
가는 찌릿한 기쁨. 가끔은 그 기쁨이 나를 갈아 얻는 감정처럼
느껴진다.

•

마감을 앞둔 나와 마감을 앞둔 친구. 안부를 나누다가 우리가 얼마나 글쓰기를 좋아하는 동시에 싫어하는지, 얼마나 괴로워하는 동시에 희열을 느끼는지 신나게 떠든다. 더는 미룰 수 없는 시간이 되어 각자의 원고로 복귀한다. 형태를 다듬어 가기 시작한 각자의 세상으로.

•

성적 매력을 글로 풀어내기에 얼마나 많은 함정이 존재하는지. 단어로 정의되지 않고 공기 중에 분위기로 남아 있을 때 더 흥미로운 것들을 애써 건들지 않기로. 내 필력은 아직 거기에 도착하지 못했다.

•

　숫자와 단어를 물어 오는 사람들은 그 안에 나를 가두고 싶어 한다. 몇 살, 몇 년, 몇 센티, 몇 밀리미터, 베이시스트, 작가, 음악가, 뮤지션, 연사, DJ.

　나는 때로 그 모든 것이고 때로 아무것도 아니지만, 매번 확실한 한 가지는 그 안에 갇히고 싶지는 않다는 마음.

●

복지 포인트로 호캉스를 떠난다는 친구. 책을 사고 토스터를 산다는 친구. 대체 복지 포인트가 뭐길래 그걸로 냉장고도 사고 운동도 갈까? 조직의 시스템을 알 길이 없이 쭉 프리랜서로 살아온 내겐 신비롭기만 한 '복지 포인트'라는 다섯 글자. 나의 건강과 내 가족의 안녕을 거대한 시스템에서 책임진다는 사실이 얼마나 판타지 같은 혜택으로 보이는지! 늘 조직 안에 속한 상태로 살아가는 사람들은 내가 느끼는 놀라움의 크기를 짐작하지 못할 테다. 거꾸로 보자면 함께 일하는 수많은 동료들과의 유대감이나 회사의 이름 아래에 묶이는 소속감, 벗어날 수 없을 것 같은 답답함 같은 종류의 감정을 나로서는 알 길이 없다.

아직도 내겐 안정된 직업을 가지고 주 5일 사무실로 출근하는 친구들의 삶이 신비롭기만 하다. 자기가 가지지 못한 것을 원하게 되는 게 이번 삶의 함정이니까. 사무직에 종사하는 친구들을 만나면 종종 너는 뮤지션이니까, 너는 작가니까, 너는 좋아하는 일을 하며 신나게 사니까 세금 문제는 잘 모르겠지? 휴가철에 팀 내에서 벌어지는 신경전 같은 건 관심 없지? 대출과 복리의 세계와는 전혀 상관없는 세계에서 사는 거지? 하는 이야기를 듣게 된다.

확실히 뮤지션이나 작가는 아주 평범한 직업은 아닐지도 모른다. 하지만 사무직 친구들과 프리랜서인 내가 이 세계에 살아가기 위해 지불해야 할 것들은 놀랍도록 똑같다. 월세를 내고, 수도세와 가스비와 전기세를 내고, 통신비를 지불하고, 때가 되면 주민세, 실비 보험, 넷플릭스 이용료를 결제하며 살아간다. 조금 다른 점이라면 건강 보험 공단에서 나를 지역 가입자로 분류하고 친구들은 직장 가입자로 분류한다는 점, 종합 소득세를 내는 나와는 다르게 친구들은 연말 정산을 한다는 점 정도 아닐까.

좋아하는 일을 하며 신나게 산다고 해서 삶의 모든 순간 흥이 넘치고 자유로울 리 없다. 글을 쓰는 일도, 노래를 만드는 일도 예민하게 쓰고 고치느라 위가 따끔거리고, 이상한 근육에 힘을 주고 타자를 치느라 어깨에 신경통이 온다. 공연을 준비하기 위해 합주를 할 때마다 애플 워치에서는 소음 경고가 뜨고, 공연장이나 강연장이나 방송국에 오갈 때면 약의 도움을 받아 심박수를 느리게 하고 심호흡으로 불안을 밀어내고 버틴다.

내 일상이 즐거운 일로 가득 차 있을 거라고 상상하는 친구들에게 속속들이 이야기를 꺼내 놓다 보면 생각보다 시시하다고 생각할지도 모르겠다. 입 밖으로 꺼내지 않을 때 더 흥미로워 보이는 것이 프리랜서의 삶이다.

안정성이 확보되지 않은 상태에서 가벼운 마음을 유지하

며 즐겁게 살아가기란 쉽지 않다. 하지만 어차피 내 일상의 9할은 불안정한 스케줄과 들쑥날쑥한 일들로 가득 차 있다. 제때 마음을 다독이지 않으면 프리랜서로 오래 버티지 못한다. 주 5일 출근하는 친구들이 복지를 얻는 대신 평일의 시간을 모두 저당 잡힌 것처럼 나는 알람 없이 깨어나는 아침을 소유하는 대신 안정적인 벌이와 복지를 포기하고 살아간다. 좋아하는 일을 하며 살아간다는 건 어쩌면 누구도 나를 책임지지 않지만, 누구도 나를 쥐고 흔들 수 없는 자유롭고 불안한 하루하루를 의미하는지도 모르겠다.

●

날씨는 좋겠네. 시시때때로 바뀌어도 사람들은 언제나 처음이라는 듯이 놀라니까.

이렇게까지 가을이라는 것이 믿을 수가 없다. 마음의 한 구석이 충족될 때쯤 달아나 버리는 것이 이 계절인지라, 이 충만함에 가을이 도망갈까 조바심 난다. 금방 겨울이 오겠지. 지나간 가을만큼 남은 가을도 평안하길. 내일은 기나긴 낙엽 길 산책을 하기로 한다.

•

　위기 앞에서 더 용감하고 강한 마음을 가지고 맞서는 사람들이 부럽다. 어려운 상황을 만나면 물에 젖은 스펀지처럼 축 처지거나 회로가 망가진 로봇처럼 고장 나 버리는 나의 위기 대처 능력은 부족하다 못해 한심할 지경. 길을 잃었을 때 나의 한심함은 극에 달하는데, 조금만 살피고 돌아서면 될 길에서 계속 앞으로 걸어가고 만다. 이미 내가 틀린 길에 들어섰다는 사실을 알면서도 끊임없이 앞으로 앞으로 걷는 나를 속이고 괴로움에 빠트리는 나. 더 큰 곤란함의 구덩이로 나를 몰아넣는 나.

•

　목이 바싹 타는데 일어나 열 걸음만 가도 정수기가 있지만 움직일 수 없는 상태.

•

새로운 일을 앞둔 나의 공포.

망한다.

'이번 일은 분명 형편없이 망할 거야. 내 마음은 산산조
각 나고, 더 이상 집세를 낼 수 없거나 생필품을 살 수 없는 상
황 앞에 놓일 거야.'

이런 상상은 단 한 번도 완벽하게 망해 본 적이 없는 창
작자의 사치에 가깝다. 단 한 번도 중쇄를 찍지 못하는, 앨범을
내고도 아무런 러브 콜도 받지 못하는 진정한 고요를 맛본 적
이 없기 때문에 나는 이렇게 위험하고 사치스러운 상상을 한다.

망한다는 건 관념일 뿐 상태가 아님을 짐작한다. 막상 중
쇄를 찍지 못하거나 앨범을 내고도 러브 콜을 받지 못하는 상
황 앞에 놓인다고 해도 세상은 조금도 달라지지 않는다. 이제
까지는 그럭저럭 운이 좋았음에도 불구하고 완벽한 실패, 발표
후의 고요함이 언젠가의 나에게 도착하고야 말겠지. 세상에 새
로운 이야기를 던질 때마다 부디 이번이 그 실패의 순간이 아니
기를 바라고 또 바란다.

●

　"가을이다!"라며 나뭇잎 사이로 비치는 그 찬란한 빛을 온몸으로 감각한 게 바로 어제 같은데 벌써 겨울. 모든 것이 다 사라지는 계절. 아무것도 상관없다고 생각하게 되자 나는 정말 자유롭게 되었다.

　세상의 부조리와 괴로움에 정면으로 맞서지 말자. 애매한 회피와 염세주의로 한 계절을 안전하게 보내기로 한다. 정의를 외치기 전 만신창이가 된 내 마음을 다시 정비한다. 친절과 사랑은 다음 계절에 되찾기로 한다.

•

비 오는 날의 자동차 엔진 소리는 너무 데시벨이 높다. 길 위의 모든 차가 나에게 화를 내고 있는 것만 같다. 밤바람을 포기하고, 아스팔트와 비 냄새도 포기하고 자동차 창문을 끝까지 꼭꼭 올려 닫아 밖과 내가 완전히 차단될 수 있도록 하고 소라 언니 노래를 듣는다. 조곤조곤한 노래들을 커다란 볼륨으로 들으면서 치이고, 불편하고, 숨 쉴 공간 없이 느껴지던 화요일이 안정감을 찾아가는 기분. 거칠게 액셀을 밟아 굴속으로 도망치듯 907호로 돌아온다.

완벽한 행복은 도저히 모르겠지만, 음악이 없었다면 완벽하게 불행하지 않았을까.

•

불안이 간질간질 목 끝까지 차올랐다가,
가슴으로 내려갔다가, 이내 배꼽 주위를 맴돈다.
그래, 이건 분명 전염된 거야.

종일 집에 있으면 마음이 곤란해질 것 같아서 자전거 타고 나갔다가 돌아오는 길에 마르셀 드자마의 책을 구경하고, 거대한 올리브영에 들어가서 뭐에 홀린 것처럼 열 손가락을 각기 다르게 칠하며 네일 폴리시를 고르고는 걸어서 집에 돌아왔다.

옷도 갈아입고 손도 씻어야 하고 공연 리스트도 한 번 훑어보고 차근히 짐도 챙겨야겠지만, 일단은 치즈 빵 하나 우물거리며 배꼽 아래 어딘가에 있는 거센 불안을 잠재워야겠다.

•

작업이 풀리지 않아 노트북을 들고 카페에 나왔다. 오늘을 그냥 버리기엔 아깝다. 평소에 잘 고르지 않는 플레이리스트를 클릭해서 알고리즘이 선택해 준 음악을 듣는다. 귓가에 익숙한 목소리와 낯선 목소리가 차례로 지나간다. 세 곡에 한 번은 어른이 된 자신에 대한 슬픔이 묻어나는 가사가 나온다. 대체 어른들에게 무슨 일이 일어나고 있나.

모두 어른이라는 콘셉트 자체에 너무 집중하고 사는 거 아닌가. 어른, 뭘까…. 마음은 그대로인데 몸만 쑤욱 자라서 헛짓거리하고 싶어도 못 하고, 놀고 싶은데 일해야 하는 자신에 대한 연민이 모두의 마음속에 존재하는 건가. 아닌 게 아니라 나부터 이렇게 긴 시간 내 밥을 벌어먹고 살면서 일이라는 건 아직도 종종 어색해서 어린아이인 내가 어른 흉내를 내고 나이든 얼굴을 하고 아무것도 모르는 상태로 그냥 그럴싸하게 이 일 저 일 처리하며 사는 기분이 들곤 하니까.

막상 어른이 되어 보니 생각보다 그저 그렇고, 이도 저도 아니며, 별거 없는 일이 많다.

•

어린아이 같은 투정은 어른이 되어 사라지지만, 사실 사라진 건 투정이 아니라 그 투정을 받아 줄 더 큰 어른일지도.

•

FKJ의 〈Just Piano〉 앨범을 듣는다. 아예 무심하지도 않고 그렇다고 드라마틱하지도 않은 선율이 안전함을 느끼게 해 준다. 그의 피아노 소리 위로 이어지는 타닥타닥 원고 쓰는 소리, 멀리서 냉장고가 내는 우웅- 소리. 창밖에서 빗소리가 들리기 시작해서 창을 닫았다. 빗소리만은 질색이다.

•

　좋은 것과 싫은 것의 차이가 점점 명확해진다. 좋은 것은 더 좋아지고 싫은 것은 더 견딜 수 없이 괴롭다. 스트레스를 받으며 머리를 쥐어뜯는다. 자꾸 더 방구석에 처박히고 혼자만의 생각에 잠겨 버리곤 하지만, 어색한 사람들 사이에서 어색하게 웃으며 어색하게 식은땀을 흘리고 어색하게 말하는 것보다는 지금은 그냥 이쪽이 낫다는 생각. 이렇게 조용히 흘러가는 시기도 있는 거라고.

　오늘도 열심인 자기 합리화.

왜 상처를 가만두지 못할까.

발등에 난 조그마한 상처를 계속 만지작 만지작 만지작.

몸의 상처, 마음의 상처 가릴 것 없이 만지작 만지작.

쉬지 않고. 너무 많이 아프지 않을 만큼만 만지작,

거기서 조금 더 만지작, 그리고 조금 더. 결국은 탈을 내고.

만지작 만지작 만지작 만지작.

만지작 만지작으로는 해답을 찾을 수 없다는 사실을

다 알면서도 만지작 만지작.

•

일과 일 사이의 시간이 뜬다. 적당한 공간을 찾을 수 없어서 아주 시끄러운 카페에 앉아서 잡무 처리를 시작한다. 갑자기 양쪽이 동시에 방전되어 버린 에어팟 배터리. 예상치 못한 순간을 마주하는 내향적 현대인의 위기. 심호흡.

•

불안하다.

여러 종류의 불안이 작은 레고 조각처럼 뒤섞여 있다. 연초부터 불안이 디폴트인 상황이 싫지만, 나의 무의식과 의지는 방향이 다르다는 생각으로 스스로 다독인다.

거센 불안의 시기엔 집 밖에서 뭘 먹어도 맛이 없다. 지난 몇 주 동안 먹는 기분은 집에서만 느껴진다. 집 밖에서 먹는 것들은 버티기 위해 시스템에 쑤셔 넣고 있는 느낌.

어제는 집에 찾아온 친구들과 매운 족발을 먹었는데, 모처럼 마음이 편하고 식욕이 돋아서 매운 돼지고기를 급하게 먹었다. 다 같이 뒹굴며 편하게 앉아 있다가 한 친구가 먼저 집에 가야겠다고 급히 일어나는 모습을 보며 놀라서 진즉 먹었던 음식이 얹히고 만다.

마음이 쿵 하고 내려앉을 때마다 몸도 멈추고 만다. 집에서만 안전하고 집에서만 나답다. 당분간이라도 사람을 조금 덜 만나고 살면 좋겠다. 친구에겐 작은 마음을 내색하지 않았다. 평소 같으면 아무렇지도 않을 텐데. 어떤 상태의 시기를 보내고 있는지 자각하기로 한다. 불행을 수집하지 말고 털어 내자.

•

아침에 일어나서 침대 밖으로 나가기보다, 침대 밖으로 나가서 유산균을 집어 먹기보다, 쌓여 가는 이메일에 답장하기보다, 말빚을 계속 쌓고 또 쌓기보다, 사과와 계란을 사러 나가기보다, 시들어 버린 꽃을 꽃병에서 뽑아 쓰레기통에 버리고 냄새 나는 꽃병의 물을 치우기보다, 읽다 엎어 둔 책을 마저 읽기보다, 굳은 몸을 움직여 요가를 하기보다, 그 무엇보다 사라지기가 더 하고 싶은 오늘 같은 날에는, 곤란하다 곤란해.

나는 조금도 사라지지 않고 내일도 여전히 여기에 존재할 사실을 알기에 곤란하다 곤란해.

내일의 나를 위하여 조금은 움직이는 쪽이 좋을까. 아니면 그냥 오늘의 나를 충족시키며 아주 잠시라도 사라져 볼까.

•

　사람을 향한 미움은 어쩔 수가 없다. 상대에게 가닿지 않고 내 안에 고여 있다. 미움을 표출해 봐야 좋은 결과로 이어지지 않는다는 사실을 알기 때문에 안으로 삭이고 가라앉힌다. 그냥 끌어안고 있기엔 뾰족해서 마음을 다치게 되지만 역시 어쩔 수가 없다. 시각을 바꿔 보고 이해하려 노력해 보아도 어쩔 수가 없다. 마음을 가다듬고 다잡아 보지만 그래도 미움만은 어쩔 수가 없다.

•

　　사람들과 이야기를 나눌 때면 그들 마음속에 숨어 있는 작은 무기가 보인다. 모두들 그를 경외하는 듯한 말투로 이야기하지만 경직된 표정속에는 미처 감추지 못한 1%의 환멸이 담겨 있다. 그의 아름다움을 찬양하면서도, 그의 틈을 헤집어 찌르고 때리고 찢어발기고 싶어 하는 육식 동물의 얼굴. 마음속 무기를 환멸로 감싸 더 큰 힘을 얻고야 마는 순간을 목격.

•

싫은 사람에 대해 생각. 꼬리에 꼬리를 물고 그 사람이 싫은 이유를 떠올린다. 이유를 더 찾을 수 없는 막다른 길에 다다라서는 일부러 싫은 이유를 만들어 낸다. 효율이라고는 1g도 없는 나의 마음.

•

불안한 일상과 위험한 상상을 추구하는 사람 곁에 서지 말자. 나쁜 것이 튀어 옮는다.

●

　아무리 생각해도 A의 실력이 타인보다 뛰어나다던가, 군
중을 아우르는 카리스마를 가졌다거나, 아름다운 외모를 가진
것도, 성품이 훌륭한 것도 아닌데 A의 주위 사람들은 언제나 그
를 떠받든다. 뭔가 이상하다 싶던 찰나, A와의 짧은 대화만으로
그가 왜 그토록 칭송받는 인물인지 알게 되었다. A는 도가 넘
지 않는 정도로 자기 자신을 높이고, 교묘하게 상대방을 깎아내
리며 관계의 우위를 선점하는 사고와 행동 방식을 지닌 것이다.
　그런가 하면 B는 수년간 변함없는 모습으로 상대방의 이
야기에 귀를 기울이고, 주위의 사람들을 더 나은 곳으로 이끌
기 위해 노력하며, 진실하고, 상대를 가려 가며 자신의 입장을
바꾸는 저급한 짓도 하지 않는다. A와는 다르게 B는 뛰어난 실
력과 성품을 지녔으며, 항상 상대를 존중하고, 자신을 낮추려
는 겸손까지 갖췄다. 그런데 B를 대하는 사람들은 그를 너무나
도 허물없이 거의 무례해 보이기까지 하는 태도로 대하곤 한다.
　사람들은 무의식중에 A가 잘났다고 생각하고 그가 자신
보다 우위에 존재하는 인물이라고 착각하고, B의 배려가 좋지
만, B가 상대를 존중하는 방식을 택하기 때문에 그를 다루기
쉬운 사람으로 취급한다. B가 자신에게 어떠한 해도 끼치지 않
을 것을 확신하고, B가 어떤 정치질에도 관심이 없다는 사실

을 인지하는 순간 B를 신경 쓰는 것은 더 이상 중요한 일이 아니게 된다.

일반적인 사고방식에 따르면 B가 훨씬 더 존경받고, 멋진 사람으로 비추어져야 할 텐데 사람의 심리는 그렇게 단순하지 않아서 우리는 서로를 평가하고 평가당하고 오해하고 오해받고.

•

　악인의 삶이 어떤 식으로 흘러가는지 관심을 기울이고 있다. 도덕성 없이 살아가는 사람들. 법의 테두리로는 단죄할 수 없는 죄를 짓고 타인에게 씻을 수 없는 상처를 남기고 본인의 행복을 찾아가는 사람들의 일상이 어떻게 흘러가는지 목격한다.

　이 관찰이 어떻게든 내게 건강한 방식으로 작용하지는 않겠지만, '카르마'와 '업' 그런 게 정말로 존재하는지 궁금해. 악인의 엔딩이 궁금해.

•

슬픔이 들어와 얹혔는데 어떻게 해야 내려보낼 수 있을지 모르겠다. 일상을 살고 초록을 바라보고 길을 걸으며 슬픔을 달래고 '얼추 괜찮아졌다! 이제 다시 나로 돌아왔다' 하는 순간 침대에 누우면 슬픔이 내 명치를 짓이기며 밟고 앉아 "나 아직 여기 있소"라고 한다.

•

　마이클 잭슨이 죽었다는 뉴스가 발표되었을 때 나는 런던의 지하철이었다. 좁은 튜브 안에 옹기종기 앉아 있던 사람들이 웅성거리기 시작했다. 갑자기 울음을 터트리는 사람도 있었다. 나는 어리둥절했고 이내 슬퍼졌지만, 눈물이 나오진 않았다.

　프린스가 죽었을 땐 하루 종일 〈Purple Rain〉과 〈Cinnamon Girl〉을 들었다. 〈Purple Rain〉은 워낙 처절한 노래지만 〈Cinnamon Girl〉은 다르다. 흥겨워서 탁탁 어깨로 리듬을 타게 한다. 짧게 끊어 가며 몸을 뒤튼다. 처절하게 마음을 잡아끌었다가 내 방식대로 신나게 리듬을 타며 프린스의 죽음을 추모했다.

　오늘은 시네이드 오코너가 죽었다. 나는 더 이상 〈Nothing Compares 2 U〉를 듣지 못한다. 당분간은 그의 노래를 플레이하지 않으려 한다. 슬픔의 한계치를 넘어서 계속 살고 있기 때문이다. 사랑하는 음악가의 죽음에 적당한 영감을 받아 처절한 기분을 느끼던 그 애는 이제 내 안에 없다. 감각의 저울이 한없이 슬픔으로 기울어 탄력을 잃었다.

•

허한 마음. 마음이 아닌 것으로 꾸역꾸역 마음을 채우려
다가 탈을 내고야 만다. 다음번엔 텅 비어 있는 마음의 자리에
수면제 한 알을 털어 넣도록 하자.

．

　새 화분을 들였다.

　다시 봄이 오기 전까지 아무런 식물도 들이지 않기로 결심했는데, 모니터 넘어 나에게 손짓하는 식물에 홀려서 정신을 차려 보니 이미 결제까지 마친 후였다. 언제나 그렇듯 다급하게 신용 카드를 휘두른 나는 이성적인 나와 상의하지 않았다. 식물들의 생장기가 끝나 가는 시점이라 새로 온 녀석이 겨울을 잘 버텨 주기를 바라는 수밖에 없겠지.

　새로운 식물은 커다란 직사각형 상자에 담겨 도착했다. 그 안엔 내 생각보다 훨씬 커다란 콩고가 아주 작은 화분에 기우뚱 서 있다. 분갈이는 봄까지 미뤄 볼까 했지만, 뿌리가 화분 밖으로 다 튀어나온 모양을 보아하니 이대로는 겨울나기가 힘들겠구나. 적당한 토분을 하나 사야겠다. 금방 새집으로 옮겨 줄게.

　사랑니를 빼고 몇 주를 쉬었던 수영장에 다녀왔다. 약한 두통이 있고 으슬으슬해서 그냥 음악을 들으며 몇 바퀴 휘휘 돌고 나오려고 했는데 오히려 온몸이 이완되어 있어서 그런지 물이 잘 잡히고 스르륵 미끄러져 앞으로 나가는 느낌이 좋았다. 자유형 열 바퀴를 천천히 돌고 집으로 돌아왔다. 개운하다. 물에게 빌어 느끼는 자유로움이 나를 개운하게 한다.

　　하루의 대부분을 고요하게 보내지만 예상치 못한 자극에 금세 평온이 망가지기도 한다. 나만 놔두고 세상이 제멋대로 돌아가고 있다는 기분. "시월 십이 일" 하고 작은 목소리로 말해 본다. 항상 양쪽 끝의 모든 것을 원하는 나를 내가 미워하고 내가 사랑해. 하늘이 예뻐서 기쁘다가 이내 슬퍼진다.

관계를
정리하는 밤

◀◀◀◀ ◀◀◀◀
◀◀◀◀

•

　우리는 달을 닮았다. 달에겐 우리가 보지 못하는 뒷면이 있고 우리도 꼭 그렇다. 당신의 어떤 그늘과 어떤 어둠은 내가 백만 년을 살아가도 완벽하게 이해하지 못하리라.

　내게 상냥한 사람이라고 해서 타인에게도 상냥하리라는 보장은 없다. 내게 무례한 사람도 누군가에겐 친절과 사랑이 넘치는 눈빛을 건넬지도 모른다. 케이스 바이 케이스, 사람 바이 사람. 사람과 사람의 화학 작용은 어렵고 복잡하다. 타인의 마음을 제대로 읽지 못해서 종종 인지 부조화가 일어난다. 관계의 높낮이, 기질적 차이, 외모, 취향, 나이뿐만 아니라 하다 못해 그날의 날씨와 컨디션같이 작은 요소들까지 관계를 흔드는 복선이 된다. 삶에 있어서 관계만큼은 최대한 예민하게 다루는 편이 좋겠다. 그런데 관계를 대하는 상대의 예민도와 나의 예민도에 큰 차이가 있다면 그 또한 문제가 될 수 있다. 결국 관계에선 더 예민한 쪽이 더 많이 고통받게 된다는 절댓값이 존재한다.

나는 어떤 쪽인가 하면 자주 더 예민한 쪽이었고, 왕왕 더 고통받는 쪽이었다. 나보다 예민한 상대를 만나면 꼭 끌어안아 주고 싶은 쪽이기도 하다. "당신도 많이 힘들었겠다", "당신도 많이 숨고 싶겠다" 하며 등을 토닥이고 싶은 쪽. 예민함을 핑계 삼지 않으려고 노력하는 쪽. 상대의 무신경함과 큰 목소리, 나를 스치는 사건이 빚어내는 씁쓸함을 참는 그런 쪽.

예민함은 나를 무던하게 웃는 사람으로 살아가게 두지 않았다. 눈빛이나 태도, 냄새와 말투 그 무엇이든 상대를 더는 견디지 못하게 되어 버리면 어느 날 갑자기 이유를 감춘 상태로 관계를 잘라 내는 나쁜 버릇이 있다. 한계까지 참지 않고 불편한 순간순간 관계를 고치기 위해 조처를 하는 쪽이 백배 더 현명하다는 사실을 잘 알고 있으면서 말이다. 전화를 받지 않고, 연락처를 차단하며 나의 세계에서 상대의 세계를 없었던 일로 만들어 버리는 무례한 방식의 절연이 몇 번이고 있었다. 더 이상 상대가 직접적으로 내게 말을 걸어올 가능성이 없어지니 순간적으로는 스트레스가 줄어드는 기분을 느끼기도 했다.

관계의 문이 닫히는 날, 내 쪽에서는 이미 버틸 대로 버틴 마음이 무너져서 관계를 지속하지 못하게 된 상태였지만, 상대는 그저 익숙한 말을 주고받고, 익숙한 일들을 똑같이 계속해 왔을 뿐인데 순식간에 닫힌 문 앞에 서게 된다. 관계를 끊어 낸 나의 일방적인 방식에 어리둥절한 상태로 자신의 세계에 혼자 남겨질 상대의 마음을 의식하게 되기까지는 아주 오랜 시간이 필요했다.

관계를 없었던 일로 치부할 때마다 '보다 현명하게 관계를 정리하는 방식이 분명히 있을 텐데' 하는 생각이 들었다. 조금 더 나이가 들고 현명해지면 사람과 사람 사이를 날이 선 칼로 도려낸 것처럼 완벽하게 자를 수 있을지도 모른다고, 예의 있게 상대에게 절연을 알리는 마법의 단어나 문장이 있을 수도 있다고. 나만 모르고 있는 비법이 분명 이 세상 어딘가에 존재할 거라고.

결과적으로 이야기하자면 쓸쓸함을 남기지 않는 절연 같은 건 존재하지 않는다. 조금 더 센스 있게, 피해를 최소화하는 방식의 절연이라면 가능할 수도 있겠지만. 자연적으로 소멸하는 관계에서도 당연히 일말의 쓸쓸함이 느껴지는데 한순간 뚝 잘려 서로의 절단면을 내보이게 된 관계가 아프지 않을 리 없다. 상대를 멀리하는 이유를 구구절절 설명할 수 없다면 "설명할 수는 없지만, 나에겐 당신과 멀리 있을 시간이 필요합니다"라는 의사를 내비치는 쪽도 좋겠다. 분명 꺼내기 어려운 이야기가 되겠지만 관계에서 상처받거나 마음이 불편한 스스로를 방치하지 않는 사람으로 살아가는 건 얼마나 중요한 일인가. 매번 나를 대하는 타인의 태도를 교정하기 위해서 에너지를 쓰며 살 수는 없다. 반복해서 나의 세계에 해를 끼치는 사람과의 관계를 정리하며 더 친절한 세계를 향해 걸어간다. 요구하지 않아도 기본적인 예의로 상대를 대하는 사람, 서로의 성장을 응원하는 사람들과 함께 웃음 짓고자 하는 쪽이 오늘 나의 방식이다.

•

　좋은 마음은 어렵다. 오래 걸려서 데워지고 잠시 끓었다가 금방 사라진다. 반대로 어둠은 그렇지가 않다. 자꾸 차오르고 끓어넘치며, 지푸라기를 삼킨 불길처럼 번진다.

　매일 넘어질 준비를 하고 달린다던 너. 삶의 모든 순간 발톱을 세운 상태로 살아가는 너를 이해할 수가 없었는데, 결국 모든 건 무너지고 망가지고 말 거란 사실을 나보다 조금 더 빨리 알고 있었기에 그토록 날카로웠는지도 모르겠다. 넘어지는 것 따위 하나도 무섭지 않던 나는 종종 넘어지고 일어서는 법을 잊은 사람처럼 바닥에 눌어붙어 있곤 한다. 나의 우매함은 이런 얼굴을 하고 있다.

•

키보드가 많이 닳았다. 이 키보드로 빚은 단어와 문장은 쉴 수 있는 집이 되고 따뜻한 음식이 되고 마음을 키우는 여행이 되어 왔다. 작업실 불빛 아래 키보드를 이리저리 비춰 보니 길쭉한 스페이스 바, 오른쪽 엄지가 닿는 곳이 가장 많이 닳았다. 이 글자와 저 글자의 사이에서 한숨 쉬어 간 흔적이 반질거린다.

ㅂ은 ㅎ보다 더 닳았고 ㄱ은 ㅂ보다 더 많이 닳았다. 가장 많이 닳은 자음은 뭐니 뭐니 해도 ㄴ이었다. 모음을 살펴보자니 ㅣ나 ㅕ, ㅛ나 ㅡ보다는 ㅓ와 ㅏ가 더 많이 닳았다.

결국 그 많은 시간 속에 가장 많이 써 내려간 글자는 '나'와 '너'였을까, ㄴ과 ㅏ, ㄴ과 ㅓ의 세계에서 나는 이렇게 숨 쉬고 울고 웃으며 살아간다.

•

붉은색을 끼얹은 날엔 내 입술이 꽃잎 같다고 했다.
당신은 늘 그렇게 예쁘고 슬픈 말을 잘한다.

•

잘 잤어?, 오늘 추우니까 따뜻하게 챙겨 입어, 점심 뭐 먹
어?, 고마워, 미안해, 지금 무슨 음악 들어?, 무슨 생각해?, 뭐
봐?, 같이 보고 싶은 영화가 있어, 안아 줘, 믿어 줘, 마음을 열
어 줘, 행복한 하루 보내, 보고 싶어, 좋은 꿈 꿔, 난 네가 없으
면 안 돼, 너 없이는 못 살아, 오직 너만이 나를 구원할 수 있어.
영원히 영원히 영원히.

•

　당신의 얼굴에 근심이 내려앉는 순간을 보았네. 어둠은 빛을 내쫓고 당신을 차지했네. 절대적으로. 당신이 가진 여러 개의 얼굴 중 찬란하고 행복한 얼굴, 아름다운 얼굴은 모두 사라지고 오늘 밤엔 어둠의 얼굴만이 남았네.

．

우리는 원래 미지근했다. 서로의 미지근함이 꼭 같아서 멀리 떨어져 있다가 갑자기 섞여도 차거나 뜨겁지 않게, 꼭 같이 미지근했다.

어느 날부터 갑자기 당신은 뜨거워졌고 나는 차가워졌다. 아니 내가 뜨거워졌고 당신이 차가워졌던가? 정해진 온도에서 벗어난 서로는 미지근함을 벗어나기 위해 계속 반대를 향해 걸었다. 조금이라도 더 멀리 가려고 반대의 끝으로 향했다. 어떤 순간이 탈피의 시작이었고, 어째서 정해진 온도에서 벗어나고 싶었는지는 알 수 없다. 그냥 오래전부터 유지되어 오던 어떤 지점을 지났을 뿐. 갑자기 삶에 끼어든 너와 나 사이의 온도 차이는 한 번은 꼭 일어나야만 하는 일이었을까.

이제 우리는 온도계의 끝과 끝에 서서 서로 바라보며 소리친다.

"중간에서 만나."

•

각자의 불편함이 점점 자라나 뾰족한 모서리를 가진 사람이 되어 가고 있다. 그런데도 우리가 서로 얼굴을 마주하고 기꺼이 함께 시간을 보내고자 한다는 사실에는 어떤 의미가 있을까.

•

지나치게 자주 '영원'을 들먹이며 요란하게 구는 사람은 경계하기로 한다.

•

　이 가을도 반은 지나 보내고 반은 견뎌 내고 있는가 보다. 견뎌 낸 것과 지나간 것은 명백하게 다르다.

　서로를 불안하게 만들어 옭아매는 식의 관계는 이미 졸업했다. 가벼운 마음으로 당신과 나란히 서고 싶은 오늘.

•

　그날의 빛과 그림자, 고소한 냄새가 풍겨 오던 부엌. 바람이 불었지, 창문이 아름다웠어, 별말은 없어도 우리는 서로를 바라보며 희미하게 웃었지. 어떻게 해도 돌아갈 수 없는 시간은 머릿속에서 매일 더 미화된다. 아름다웠던 기억을 갖기 위해 자꾸 '좋은 기억 카테고리'에 억지로 욱여넣는 장면들이 늘고.

　나를 가장 교묘하게 잘 속이는 건
　누구도 아닌 나 자신.

·

　여행지의 에어비앤비에서 친구들과 아침을 지어 먹을 때면 정말 행복했다. 누구는 계란을 익히고 누구는 접시를 나르고 누구는 주스를 따르는. 차가운 공기. 떠다니는 먼지를 숨지 못하게 밝히는 햇살, 제일 늦게 일어나서 웃음소리가 가득한 부엌에 들어갈 때의 기분.

·

　팥과 가지가 사랑스럽다. 가지 덮밥을 지어 먹고 숟가락을 휘휘 저어 팥죽 안의 새알심을 찾는다.

•

　끝이 나 버린 관계의 증거는 결국 사람의 마음속에 있다. 서로를 향한 배려의 순간, 노력의 크기가 줄고, 속도를 줄이지 않고 지나치며 시작되는 관계의 소멸. 쉽게 흘러가는 시간에 가속이 붙고 마음은 수분 빠진 과일 같은 모양으로 점점 작고 단단하게 변하다가 결국 더는 못 쓰게 말라비틀어지고 나면 입안엔 씁쓸함만 남는다.

　나는 당신을, 당신은 나를 영영 잃었다.

•

서로를 연결하는 마음의 끈이 느슨해진 상태로 어느 한 쪽도 열심히 당기지 않은 지 벌써 여러 날이 지나고 있습니다. 당신에게 나의 자리는 대체되었을까요. 나에게 당신의 자리는 그대로 남아 있습니다. 하지만 슬프게도 그 자리에 다시 당신이 예전처럼 꼭 맞는 모양으로 들어갈 수는 없겠어요. 지난 시절을 함께한 당신의 우정에 감사합니다. 다시 서로의 온기를 갈망하는 날이 온다면 우리에게 비로소 다음 페이지가 열리겠지요.

계속 함께 다음 페이지로 갈 수 있을지 우리 조금 더 살아 볼까요?

•

낮추고 굽히고 무릎을 꿇어 얻어 내는 건 나의 방식이
아니야. 나를 굴욕적인 기분에 빠트려 가면서까지 가지고 싶
진 않아. 징징거리고, 조르고, 자꾸만 귀찮게 굴지 않으면 얻을
수 없는 것들.

안 갖고 말겠어.

•

뻔뻔하기로 결정한 사람의 마음에는 가속이 붙는다. 거침
없이 더 더 더 빠르게 변한다.

•

어려운 나이를 겪고 있다고 이야기했다.

동시에 어디에도 쉬운 나이는 없음을 짐작한다. 나이는 나를 삼켜 주무르고 또 다른 나를 만들어 낸다. 흐르는 시간이 만들어 내는 내 모습이 어색하기도, 신선하기도, 놀랍기도, 낡기도.

•

　한낮의 길바닥에 주저앉아서 우는 사람. 벤치에 누워 하늘을 보는 사람. 그런 사람들이 어떤 이유로 그러는 건지, 인생의 어디가 문제인 건지 의아했었는데, 이제는 내가 그런 사람이 되었다. 그러고는 이해하게 된다.

　이제껏 몰랐고 앞으로도 몰랐으면 좋았겠지만 알기 전으로 돌아갈 수는 없다. 이전까진 한 번도 가 보지 못한 골목에 들어서는 것과 비슷하다는 생각. 일단 들어선 길을 잊을 수는 없으니까. 삶이 망가져도 아무것도 멈추지 않고 비틀어지고 고장 난 상태로 계속되는 걸 몰랐다.

　다시 사람이 무섭지 않은 날이 올까.

•

    사람들 앞에서 이야기하는 일이 있으면 전날부터 너무 괴로운데, 막상 시간이 되어 마이크를 쥐고 서서 이야기를 늘어놓기 시작하면 제일 앞에 앉은 사람들과 금방 사랑에 빠진다. 매번 반복되는 괴로움과 그 끝에 사랑에 빠지는 사이클. 나의 돈 벌이는 굉장한 감정 소모를 야기한다.

●

직업인으로 미션을 안고 집을 나서는 날엔 최선을 다해 활발하게 웃고 쾌활하게 일을 진행한다. 처음 만난 사람과 거리낌 없이 통성명하고, 청중으로 가득한 강연장에서는 실없는 농담을 늘어놓는다. 객석에 잘 웃는 청중이 가득한 날이면 서로 깔깔 웃다가 헤어진다.

내가 연기하는 캐릭터는 호방하지만 속마음은 좀 다르다. 강연, 공연, 촬영, 녹음 구분 없이 현장에 도착하면 에너지를 아끼고 꼭 해야 할 말만 하고 싶다. 하지만 프리랜서로 살아오며 깨달은 중요한 포인트 중 하나는 내가 쾌활하며 다정할수록 현장이 수월하게 진행된다는 사실이다. 내 어깨가 움츠러들어 있으면 함께 일하는 사람들이 괴로워진다. 내가 입을 닫고 예민하게 굴기 시작하면 함께 일하는 사람들의 시간은 너무 느리게 흐르고 작은 이슈를 두고 서로 쉽게 곤두세우게 된다. 모두의 안녕을 위해서라도 어지간하면 '위장 외향인'으로 살아가는 쪽을 택한다.

일을 마치고 집으로 돌아오는 길엔 쾌활하고 다정한 직업인 임이랑도 퇴근해 사라진다. 화장을 지우고 편한 표정으로 앉아 있는 나는 매사 느릿하고 수동적이다. 전화 통화는 되도록 피하고, 문자나 메신저로 소통을 이어 간다. 다정하고 쾌활하지

관계를
정리하는 밤

155

않아도 괜찮은 사람으로 존재할 때 시간은 빠르게 흐른다. 흘러가는 것들은 흘러가도록 놓아둔다. 스스로 존재감을 작게 축소시키며 숨을 아낀다.

인간관계에서도 이런 수동적인 방식은 크게 다르지 않다. 내 주변엔 나의 열정으로 시작한 관계가 드물다. 나를 택했거나, 자연스럽게 삶의 궤도가 겹치는 사람 중 마음이 맞는 사람들과 좋은 관계를 유지하며 살아가는 편이다. 마음이 맞는데 말까지 잘 맞으면 정말 기쁘다. 최고로 기쁘다. 사람 욕심을 부려 넓은 바다로 나가 본다면 마음이 맞고 말도 잘 맞는 사람들이 훨씬 더 많겠지만, 억지로 그렇게 큰 에너지를 쓰는 것은 역시 무리다.

한번은 "내향인의 인간관계는 외향인의 간택으로 시작된다"라는 문장을 보고 얼마나 놀랐는지 모르겠다. 너무 찔려서 헛웃음도 나오지 않고… 아주 가까운 사람들을 제외하고는 내 속마음을 쉽게 털어놓는 편도 아니고, 매사에 투명하고 담백한 태도를 유지할 수 있는 사람도 아니다. 어쩌다 보니 작고 불투명한 동그라미 같은 내 인간관계 안에 들어와 온기를 나누게 된 사람들은 아주 한정적이다. 누가 택해서 어떻게 친해졌건 상대가 내 마음 깊은 곳에 들어오면 농밀한 관계를 꽤나 오래 유지하려고 노력한다.

매해를 시작할 때 그 해의 키워드를 정하곤 한다. 올해의 키워드는 '진취'였다. 일에도 사람에도 더 용감하게 달려들어 쫀쫀한 상태를 유지하고자 했다. 활발하게 웃고 우스갯소리도 곧잘 하며 즐겁게 지내는 나의 모습을 디폴트로 살아가고자 했다. 이미 올해가 끝으로 기울어지는 마당에 중간 평가를 해 보자면 '대 실패'다. 감히 짐작하건대 내년에도 내후년에도 그리고 더 많은 시간이 지난 후에도 나는 진취적인 인간이 아닌 '진취적인 인간이 되고 싶은 인간'으로 살아가고 있을 가능성이 크다.

그러나 계속 시도한다는 것, 새로운 방법을 강구하고 다른 길을 의식한다는 것. 그 자체로 내향인치고 나름대로 수고하며 살아가는 것 아닌지…. INFP치고는 그래도 꽤나 선방한 편 아닌지….

•

살면서 점점 인간관계가 좁아지는 걸 슬퍼하는 사람들도 많지만, 나는 오히려 좀 반갑게 여기는 쪽이다. 타인에게 쓰이는 에너지를 점점 더 내 안으로 가져올 수 있으리라 기대하며.

•

지루한 너의 행복들이 그리워질지도 몰라.

어차피 무엇이든 멀리에 존재할수록 예뻐 보이니까.

•

류이치 사카모토가 없는 지구에서 제인 버킨마저 사라졌다. 거장의 죽음이 내 마음에 조금씩 더 큰 영향을 준다. 세상을 떠난 사람의 이름이 쌓일수록 나도 한 계단씩 죽음 가까이 올라서는 기분. 저 멀리 다른 나라의 어딘가에서 음악을 짓고 자유를 갈망하다가 죽음을 맞이한 사람들에게 빚을 지고 살아가는 중이라 이렇게 마음이 동하는 것일까.

좋은 방향을 바라보라고 목이 터져라 노래하던 사람들이 세상에서 사라질 때마다 세상이 조금씩 나빠지는 걸까? 적어도 내 세상은 그런 것 같다.

・

시속 110km로 돌아간다. 쌩쌩 달리는 차들 사이에서 안전한 기분을 느낀다. 세상에서 가장 큰 하품을 한다. 오늘 무대도 무사히 끝났다. 이제 엉망으로 얼룩진 얼굴은 어둠 속에 감출 수 있다.

200km를 더 건너가면 내 화장실에서 뜨겁게 씻을 수 있고 내 침대에서 잠들 수 있다. 과천을 지나며 서울 시내에 들어서는 길에선 항상 마음의 저항이 느껴진다. 안전한 기분은 사라지고 불안이 존재감을 피력한다. 심호흡. 심호흡.

서울이라는 도시는 나를 옥죄고 자유롭게 하고 쥐락펴락 심판대 위에 올려놓는다.

심호흡. 심호흡.

•

    하루에도 몇 번씩 '이상한 여름'이라고 이야기한다. 뜨거운 아스팔트 길 위에 성난 사람들이 칼을 들고 선다. 밤 산책을 즐기는 친구는 맞은편에서 걸어오는 사람이 무섭다고 한다. 뭣모르고 신이 나서 인터넷에 칼부림 예고를 하는 사람 중 절반이상이 미성년자라고 한다.

•

    뉴스를 본다. 어떤 픽션보다 더 아프고 슬프고 잔혹하며기괴한 소식들. 공포 영화가 정말 무섭지 않냐고 묻는 친구에게 현실이 가장 무섭다고 대답한다. 무서운 건 사람이지 귀신이 아니다.

•

    하루도 거르지 않고 계속되는 살인 예고에 샘물 이슬 반 조카의 모래놀이가 취소되었다는 소식. 유치원에서는 오늘 야외 활동을 하지 않고 출입문 관리를 철저히 한다고.

•

마음이 침잠하는 것에는 익숙하지만
침잠한 상태에서 흥분하게 되는 것은 괴롭다.
보지 않고 듣지 않으려고 노력하는데
눈과 귀가 제멋대로 늘어나 세상의 소식을 주워 담고 있다.

차라리 이런 밤에는 노래를 지어야지
아니면 이런 밤에는 글을 써야지
어쩌면 이런 밤에는 이파리를 만져야지.

●

　　가게의 점원이 의미 없이 던진 말에 의미를 건져 꼬리에 꼬리를 물고 사색에 잠기는 병을 고치는 약은 어디에서 파나. 생각의 꼬리가 길어도 너무 길어서 낭비되는 에너지가 매일 한 바가지다.

·

어떤 나는 거짓이고 어떤 나는 진실이다.

어떤 나는 꾀를 부리고 어떤 나는 성실하며,

어떤 나는 모났지만 어떤 나는 둥글게 미소 짓는다.

어떤 나는 최악이고 어떤 나는 최선이다.

어떤 나는 형편없고 어떤 나는 훌륭하며

어떤 나는 냉랭하고 어떤 나는 다정하다.

당신이 어떤 나까지 용인할 수 있을지

어떤 나를 사랑하고 어떤 나를 미워할지

어떤 나와 함께 손을 잡고

어떤 나와는 거리를 두고 싶은지

모두 알 것 같지만 사실은 하나도 모르겠다.

•

나는 오늘도 아닌 것은 아니고, 여전히 싫은 것은 싫고,
이해가 되지 않는 일들이 너무 많아서 그리운 당신에게
손을 내밀면서도 당신을 안을 수가 없다. 이미 돌이킬 수 없는
시간을 실감하는 오늘.

•

이제 너는 내가 머릿속을 거닐 때 탁탁 걸리는 돌부리 같
은 생각이 되었을 뿐.

변화는 과연 오롯이 내적인 것일까?

그저 개인적이고, 자아의 의지로 제어할 수 있는 것일까?

전혀 그렇지 않다는 사실을 당신도, 나도 알고 있지만

우린 이 순간을 잡아 두려 또다시 몸부림치며

"변하지 않기로 해" 내뱉는다.

겨울바람에 씻겨 사라질 나약한 서약을 또 하고 만다.

•

살짝 마주친 눈빛만으로도 상처를 주고받는 너와 나는
언제쯤 강철 심장으로 마주 볼 수 있을까.

나는 그저 같은 자리에서 기다릴 뿐.
흩날리는 눈발과 함께 지나가기를.
찬 기운을 몰고 온 바람과 함께 지나가기를.
모두 잊었다는 생각도 함께 지나가기를.
계절 바뀌어 피고 지는 꽃들처럼 지나가기를.

•

언제나 가질 수 없는 것을 원하고 불가능을 위해 걸어갈
거야. 티끌만 한 고민 앞에 몸부림치고, 태산 같은 고통을 의연
하게 받아들이겠지. 그러다가 언제 그랬냐는 듯 눈물을 훔치고
일어나서 음악을 틀고 춤을 추자.

춤을 추자.

•

단어 몇 개에 즉각적으로 떠오르는 풍경.

'정동'은 어쩜 이름도 '정동'일까. 다정한 얼굴들.

•

'존재하지도 않는 곳을 향해 달리고 있지는 않나?' 의심에 휩싸일 때마다 '괜찮다, 언젠가 도착한다' 주문을 건다. 주문이 입력되면 마음은 방향을 바꿔서 의심을 지우려고 노력한다. 이 때 시니컬한 마음을 놓치지 않고 끌어 내린다. 정말 존재하지도 않는 곳을 향해 달리고 있을지 몰라도, 내가 멈춰 서는 순간 그곳이 존재할 가능성마저 사라지는 거니까. 어디에 도착하게 될지는 알 수 없지만 계속 나아간다.

·

연재 원고를 쓴 책이 오후에 도착한다고 한다.

어떤 종이에 어떻게 올라앉아 사람들에게 닿을까.

마음이 간질간질한 채로 기다린다.

보통의 하루가 떠오르고 저문다.

오늘도 하루만큼 현명해지고 하루만큼 멍청해졌으며

하루만큼 단단해지고 하루만큼 부스러졌다.

하루만큼 강해지고 하루만큼 약해졌다.

나는 내가 지겹다.

그러면서도 당신은 나를 지켜워하지 않았으면 좋겠다고

간절히 바란다.

●

　　지난밤, 당신은 불어오는 바람을 견딜 수 없다는 표정으로 나를 보았고, 겁에 질린 당신을 위해 내가 바람을 멈출 수는 없지만, 내 뒤에 숨어 조금 나아질 수 있다면 그렇게 하도록 하세요.

　　나는 어차피 그 바람이 내 마음 어느 한구석도 건드리지 못하게 꽁꽁 매어 놓은 껍데기 속에 숨어 있을 테니까. 당신은 마음껏 내 뒤에 숨어 바람을 피해 봐요.

•

　그 애가 내 욕을 하고 다닌다는 이야기를 처음 들었을 때 그 애가 누군가의 욕을 하는 자리에서 깔깔 웃던 과거의 내 모습이 떠올랐다. 아무리 그래도 나를 욕하다니! 긴 시간동안 우리가 얼마나 좋은 사이를 유지하며 지냈는데! 직접 물어보려고 그 애를 만났는데, "안녕-" 하고 인사하는 모습을 보니 이미 지나가 버린 사람을 마주하는 기분.

　그래, 이 관계는 오늘까지구나. 너는 고개를 숙인 채 사과했고 나는 받아들였다. 그리고 우리는 영영 다시는 만나지 않는 관계가 되었다.

　몇 년 전 함께 런던에서 빨간 버스를 타고 돌아다니던 하루가 떠올랐다. 체리를 한 줌씩 집어 먹고 딱딱한 씨앗을 뱉을 곳이 없어서 목적지에 도착할 때까지 둘 다 다람쥐처럼 볼이 불룩해진 상태로 서로를 바라보며 키득키득 웃던 장면이 선명하게 마음을 후볐다.

•

　언제 그랬냐는 듯, 언제 그런 웃음을 지었냐는 듯, 언제 행복한 사람이었냐는 듯 시간은 빠르게 모든 것을 바꾸고 망가트리지만 그날의 조용한 공기, 나누어 마셨던 차 한 잔, 따뜻한 아침 식사만은 오래도록 다시 떠올라 나를 가볍게 만들어 주었으면 해요. 좋은 것을 더 오래 가지고 살아갈 수 있다면 좋겠어요.

•

　나는 처연하게 우는 법을 몰라요. 커다랗게 입을 벌리고 콧물도 훌쩍이고, 목구멍에서는 동물 같은 소리가 터져 나와요. 왜 나한테 이런 소리가 날까요. 내 울음은 무엇을 얼마나 참아왔을까요. 정곡에 찔린 기분에, 그날은 절대로 그 자리에서 울지 않겠다는 다짐을 어기고 펑펑 울어 버렸습니다.
　그렇게 하염없이 울게 되는 건 어느 시대의 누가 나를 저주했기 때문일까요.

•

과거에 알던 사람이 심각한 망상 증세로 입원 치료를 시작했다는 소식을 들었다.

놀란 마음과 걱정되는 마음, '그래 그럴 수도 있겠구나'.

그 사람의 머릿속은 현실과 망상이 뒤죽박죽 해. 아무것도 분간할 수 없게. 우리는 애초에 마음속 어딘가가 조금 물러서 이런 형태로 살아가고 있는 거니까. 그럴 수도 있지.

그래서 망상 속의 그는 현실의 그 자신보다 행복할까? 치료를 마치고 현실로 다시 돌아온다면 망상으로 보낸 시간들은 어떻게 기억하게 될까? 나의 의식은 조신하고 착하게 완쾌를 바라는 마음에 머무르지 않고 또 다른 생각의 문을 열고.

•

같은 단어를 둘러싼 각각의 해석. 사람들 수만큼 다양한 뜻을 가진 문장과 말. 같은 언어를 주고받지만, 각자의 마음속에만 진짜 뜻이 숨어 있고.

•

인간관계를 건강하게 쌓기에는 정해진 순서가 있다. 각자의 모습으로 서로의 곁에서 탑을 쌓는 것이 먼저이고, 튼튼한 탑이 믿음직스러워질 무렵에서야 취약하고 작은 조각을 내밀어 보일 수 있게 된다. 서로의 틈을 바라보며 관계가 어떤 색으로 굳어지는지 두고 보는 건 그다음의 일이다.

•

손 글씨를 쓸 때 사용하는 근육들이 약해졌다. 편지를 딱 한 장 썼을 뿐인데 오른손 전완근이 뻐근하게 저린다.

•

우린 같은 나라에 살고 있지만 네가 사는 나라와 내가 사는 나라는 다르다고 그가 말해 왔다. 당신의 나라가 당신에게 조금 더 친절했으면 좋겠다는 생각.

•

　내가 내뱉는 말들이 온통 판타지같이 느껴져서 오히려 너를 더 외롭게 할까 봐 두렵다.

•

　결정과 결정이 쌓여 사람이 완성된다. 젠가 블록처럼 촘촘하게 서로에게 기댄 결정 중 몇 개를 되돌릴 수 없는지 하나하나 꼼꼼히 보는 밤. 이런 밤은 예외가 없다. 그냥 완전히 망한 밤.

•

　감정과 감정 사이가 휴지 한 장 두께 같은 밤. 그것도 튼튼한 세 겹, 네 겹 엠보싱 휴지 말고, 싸구려 술집에 걸려 있는 점보롤 같은 휴지의 밤. 집에 돌아오면 가장 먼저 양말을 가지런히 벗어 두고 따뜻한 물에 발을 씻는다. 얼굴에 두텁게 크림을 바르고 따뜻한 침대로 파고든다. 어서 잠에 빠지려면 양말 치울 시간도 없어, 너무 바빠.

　요즘엔 잠이 좋아도 너무 좋다. 과하게 좋다. 한가한 2월의 시간을 어떻게 채울까 고민하며 정신 건강에 이로울 계획들을 잔뜩 세워 두었는데 하나도 실천할 수 없을 정도로 자꾸 더 늦은 시간이 되어서야 잠에서 깨어난다. 겨울잠 자는 곰처럼.

　다시 일어나야 할 때까지 일단은 많이 자 둬야지. 마음이 튼튼해지도록. 이렇게 열심히 자는데도 오늘처럼 감정이 구겨진 휴지 조각 같은 밤이 찾아오는 것은 반칙이지만, 어차피 살아 있는 동안은 계속 사소한 사건 앞에 행복하고, 이유 없이 불행해지기를 오갈 테니까. 어쩌면 모든 건 역시 휴지 한 장 차이니까.

．

끊임없이 실망하고 슬픔에 빠지는 것이 삶.

넘어지고 또 넘어져도 결국은 다시 일어나야 하고, 책임질수록 더 큰 책임이 따라붙고, 공감할수록 더 슬퍼진다. 결국 우리가 할 수 있는 일이라고는 웃을 기회가 왔을 때 더 크게 웃을수 있도록 항상 작은 웃음을 지니고 다니는 것뿐.

．

어떤 사람은 그의 인생에서 나를 잘라 내고 싶어 하고,

나는 내 인생에서 다른 사람을 잘라 내고 싶어 한다.

서로의 무게를 견디지 못하고 기나긴 관계를 정리하게 되는 시점에 서 있자면 어디서부터 엇나간 건지, 누가 무엇을 잘못했는지를 생각하기에 앞서 지루한 감정싸움의 터널을 지나야 한다. 가만히 터널을 지나면서 생각한다. 잘려 나갈지, 잘라 낼지.

●

　파리에 갔을 때, 레페토를 한 켤레 사고 싶었다. 파리에 있는 여러 레페토 매장 중에서 가장 근사하다는 방돔 광장 근처의 매장을 찾았다. 발레리나를 연상시키는 매장의 디스플레이와 바닥에 잔뜩 놓인 플랫 슈즈에 마음을 빼앗겨 열심히 신어 보는데, 슬프게도 레페토 매장의 그 어떤 신발도 나를 빛나게 해 주지 않았다. 그냥 나와 레페토는 어울리지 않는 사이. 얇은 신발 한 켤레가 스스로를 알게 해 주네.

　사랑에 빠지기 전에도 당신이 나에게 정말 맞는 사람인지 그렇게 걸쳐 보고 거울에 비춰 볼 수 있으면 좋을 텐데.

　'내가 당신을 빛나게 할 수 있을까?', '당신이 나를 빛나게 할 수 있을까?', '나는 이 관계 안에서 성장할 수 있을까?', '당신은 나에게 필요한 평안을 안겨 주는 사람일까?'. 고민할 새 없이 매번 깊숙이 제일 안쪽까지 들어가서야 관계의 타당성을 깨닫게 되는 사람이라 한없이 송구스럽지만.

•

가끔은 속내를 털어놓는 사이보다 더 좋은 건
'속내를 털어놓지 않아도 불편함이 없는 사이'라는 것을
새로운 친구들과의 관계를 통해 배워 나가고 있다.

•

당신이 매일 나를 궁금해하기를 바란다. 창문 밖으로 내가 있는 쪽을 물끄러미 바라보고, 물을 마시는 것처럼, 공기를 들이쉬고 내뱉는 것처럼, 그렇게 당신에게 내가 필요하기를.

•

어떤 저녁은 피아노 앞에서 바닥을 치고
어떤 저녁은 겨우겨우 몇 마디 입가에 흥얼거리며 웃고
어떤 저녁은 어렵게 만든 멜로디를 지우개로 벅벅 지우고
어떤 저녁은 다시 다듬으며
그렇게 곤두서서 하루하루.

나를 들여다보고 찬찬히 쓸 것과 쓰지 않을 것을 고르
는 시간은 대부분 괴롭고 어렵고 두렵지만 아주 가끔, 찰나에
느껴지는 강렬한 희열로 나를 계속 선율 근처에 붙들어 둔다.

•

거대한 파도에 휩싸인 작은 점 하나.

점 하나만큼 작은 혼돈이 머릿속을 거칠게 후비고 지나
간다. 마음이 건강한 사람들에게 이깟 혼돈 따위는 툭툭 털고,
고개를 돌리면 그만일 사소함일까? 내가 혼돈한 것은 사실 내
가 이런 흔들림을 즐기고 있기 때문인 걸까? 나를 의심하고 불
편해하는 나.

•

　갈 길은 아직 멀었는데 마음에 균열이 생겨서 부스러기가 떨어지고 있다. 외출을 해야 할까. 모르는 사람들 사이에 섞여 영화를 보고 커피를 마시면 나아질까.

．

앨범이 나오고 열흘이 지났다. 차트엔 올라가지 못했다.

"기대도 안 했어"라고 말했지만 사실은 내가 그런 것들을 기대했는지 안 했는지 기억나지 않는다. 진짜 마음은 꽁꽁 싸맨 마음 안에 있다. 나한테 잘 안 보이게 내가 감춰 두었다.

열흘이라는 시간이 지나는 동안 정신없이 쏟아지던 감정은 조금 잔잔해졌지만 어김없이 발매 후유증이 찾아왔다. 조정이 불가능한 일정을 제외하고는 개인적인 일정을 잡고 취향을 만족시키기를 차례로 포기한다. 종일 우울하다가, 여기저기 기웃기웃하다가, 좌절하고, 쓰레기 음식들을 먹고 더부룩해져서 거지 같은 기분으로 잠든다.

스스로 너무 절박하고 애처로워 보여서 이렇게 자신을 괴롭히는 짓은 그만하자고 생각한다. 보통의 나는 이것보다는 조금 나았던 것 같은데 앨범 발매와 함께 멀리 달아난 자기애가 아직 조금 덜 돌아왔다.

당신이 나를 사랑하지 않아도 괜찮아.

당신이 나를 사랑하지 않아도 괜찮아.

당신이 나를 사랑하지 않아도 괜찮아.

당연히 거짓인 주문을 걸어서

나를 이 구덩이에서 구해 보자.

●

마음을 위한 주문.

좋아하는 것을 더 힘껏 좋아하기. 즐거운 시간을 부정하
지 않기. 아픈 곳을 계속 후벼 파지 않기. 롤러코스터처럼 빠르
게 추락하는 마음에게 느끼는 배신감과 같은 에너지를 아끼기.
기분이 바닥에 끌리는 날엔 그냥 그런 날도 있겠거니 받아들이
기. 그 어떤 것도 계속되지 않는다는 사실을 기억하기.

●

예술과 예술의 세계에 대해 종종 생각한다. 예술에 진짜
와 가짜가 존재할까 생각한다. 사람들의 믿음에 대해 생각한다.
얄팍한 신념을 굳게 밀고 나가는 사람에 대해 생각한다. 계속해
서 굳건히 우기면 결국은 믿고야 마는 사람들에 대해 생각한다.
멍청한 것과 어리석은 것의 차이에 대해 생각한다. 오늘도 생각
이 너무 멀리 가는구나 생각한다.

·

치워도 치워도 깨끗해지지 않는 책상과

닦아도 닦아도 사라지지 않는 얼룩을

마주하고 있는 기분.

·

그 사람의 입에서 나오는 말 중 진심이 한 톨이라도 있는
지 모르겠다.

단어와 상황, 언어의 쓰임과 받아들여짐.

우리를 이루는 그 전체적인 것들이 모두 지극히 주관적이며 개인적이라는 사실 때문에 또다시 각자의 공허에 빠져들고 방구석에서 무너지고, 복잡하고 단순한 줄타기를 아슬아슬하게 이어 가는 하루하루.

·

미쉐린 별을 세 개 달고 있는 레스토랑에서 식사를 했다. 어떻게 해야 예의는 지키면서도 너무 과하게 꾸민 느낌은 아닐지 고민하다 네이비 원피스를 입었다. 뒤축에 별 자수가 놓인 구두를 신을까 하다 말았다. 좋아하는 색깔이 아닌데도 중요한 날엔 네이비를 찾게 된다. 최대한 어두운색을 입고 싶은데 블랙은 너무 무거워서 피하고 싶은 마음.

옷을 살 때마다 상세 페이지에서 남색 대신 네이비로, 검은색 대신 블랙으로 표기되어 있어서 그런지 한글 표기로 옷 색깔을 적는 건 과도하게 문학적이라는 기분이 들 때가 있다. '감색 양장을 입고 정찬에 참석한다' 같은 문장의 어색함. 충분히 아름답지만 나의 문장은 아니다. 분야에 따른 외래어 사용에 대해 잠간 생각해 본다.

마음.

내놓지 않으면

먼지도 앉지 않고

미세한 상처도 생기지 않고

가끔 강하게 부는 바람에도 흔들리지 않고

언제나 따듯하고 고운 상태 그대로일 수 있을까.

꺼낼 때마다 뒹굴고 상처받고 금세 차가워지곤 하지만

나도 모르게 자꾸 꺼내 놓고서 깜짝 놀라는 마음의 주인.

•

    가을 지나 겨울. 따듯한 스웨터, 나눠 마시는 코코아 한 잔. 그 작은 기쁨들에서 더 이상 로맨스가 느껴지지 않는다. 우리가 서로에게 뻗어 내는 마음이 계절과 함께 다음 단계로 접어들었구나.

    무뎌지고 싶지 않다. 인정하고 싶지 않다.

    그렇게 하루하루 밀어내며 지내는 나는, 언제고 같은 표정으로 마음의 바람을 달래야 하는 사람으로 지내게 될까 봐 겁이 난다. 그렇다고 정말 무뎌지지 않으면 언제나 아픈 곳은 아프고, 찔리는 곳은 똑같이 찔리며 살아가게 될까. 하루하루가 벅차다는 기분도 사라지지 않고 계속되는 걸까?

    산만한 상태. 내가 내 인생을 관망하고 있는 기분이 들 때 곤란하다. 이런 기분은 종일 나를 외롭게 한다.

·

　공격적인 행동이 언제나 상대적 결핍으로부터 비롯된다
면, 나와 내 주변의 모든 사람 그리고 그 사람들 주변의 모든 사
람의 모든 것이 여유롭지 않다면, 우리는 계속 서로를 상처 입
히고 상처받고 배신하고 배신당하며 살아가게 되는 걸까. 너무
단단해서 좀처럼 끊어지지 않는 어떤 고리.

·

　상처를 주고받는 것을 제외하고는 어차피 오늘 밤 특별히
해야 할 일도 없다.

•

　내 편이 아니라고 해서 우매하거나 나쁜 사람은 아니지.
그렇지만 내 편이 아니라면 차라리 우매하거나 나쁜 사람이었
으면 좋겠는 유치한 마음.

•

　타인은 항상 실망을 안겨 준다. 나도 누군가에게 끊임없
는 실망이겠지.
　서로 살아가는 방식이 각기 다르고, 윤리 의식, 취향, 혐
오, 기질, 뿐만 아니라 헤쳐 나가야 하는 상황까지도 모두 다른
데 같은 곳을 바라보고 같은 감정을 느끼며 조화롭게 살아가겠
다는 생각 자체가 그저 이상일 뿐일까.

　그런데도 왜 자꾸 기대하고, 실망합니까?
　마음을 더 비우도록 하십시오.

●

내가 얄팍했던 순간, 내가 안달 났던 순간, 내가 속물 같았고 후지게 굴던 그 모든 순간들은 내 안에서 수십, 수백 번 반복된다. 나의 약점 같은 순간들은 토씨 하나 틀리지 않게 글로 표현할 수 있다. 오늘을 잘 살아 나가야 하는 이유 중 하나, 나의 윤리 의식으로부터 스스로를 지키기 위해서.

●

이제 우리는 더 이상 우리라는 단어 안에서 함께 빛나지 않아. 너와 나는 해와 달처럼 서로를 밀어내는 존재로 산다.

●

　이해와 용납도 해답이 되지 않고 어긋나기만 하는 관계는 왜 계속 쌓이기만 하는지. 애정의 크기와 상관없이 불발되는 관계를 바라본다. 천천히 심호흡을 하고 한 걸음 뒤로 물러설 줄 아는 사람이고자 한다. 모두가 내 마음 같을 수는 없으니까.

•

　내 인간관계의 역사 한 중간엔 '이해'라는 단어가 커다랗게 자리하고 있다. 왜 그런 말을 했는지 이해하고 싶어서, 나를 보는 표정에 무슨 의미가 숨어 있나 알 수 없어서 해답을 찾으려 애를 썼다. 당신의 뾰족한 감정을 나의 애정으로 온전히 이해하는 것이 관계의 순기능이자 본질이라고 믿던 시간. 어쩌면 그 안에서 나는 나를 속이고 관계를 기만하는 실수를 반복해서 저질러 왔을 수도 있겠다는 함정에 빠진다.

　상대를 이해하겠다는 마음은 나에겐 욕심이자 욕망이다.

　'그런데 그거… 상대를 위한 마음이 맞기는 한가?' 의도에 의문을 품기 시작하자 관계라는 이름의 블랙홀이 열린다.

　"너를 이해하고 싶어서"로 시작하는 대화를 얼마나 많이 했는지. 학교 앞 계단에서, 광화문 사거리 신호등을 기다리면서, 동네 단골 식당에서, 비가 내리는 영동 고속 도로를 달리면서. 키와 성별과 국적과 나이가 다른 당신이 나의 반대편에 서 있다. 나는 "너를 이해하고 싶어서"로 시작하는 이야기를 끄집어낸다. 지금 내가 이해할 수 없는 너의 마음을 언어로 풀어내라고, 그 정도는 할 수 있지 않냐고 채근한다.

　단어와 문장으로 확인받고 싶은 마음. 언어적 인간들이 쉽게 저지르는 만행. 막상 네가 진심을 담아 이야기를 시작해도 나는 그 소리를 제대로 이해할 수 없다. 너의 세상에서 너의 상식으로 빚어진 결과를 이해하려면 더 많은 단어가 필요할 것 같은데, 나를 이해시킬 수 있는 언어는 이미 다 닳아 사라지고 말았다. 어렴풋이 알 것도 같은 너를 내 식대로 해석하고 내 시스템에 내 방식으로 입력할 뿐이다. 그렇게 나는 오류투성이의 공식으로 너를 풀어내려고 했다.

이렇게 소모적인 심리전 따위는 이제 정말로 그만할 때가 되었다. 아무리 노력해도 나는 너를, 너는 나를 완벽하게 이해할 수 없다. 서로 완벽하게 겹쳐졌다고 착각하던 순간은 애정이 더 큰 쪽의 희생으로, 생각을 굽히지 않는 쪽의 가스라이팅으로만 성립할지도 모른다. 관계의 순기능은 온전한 이해가 아닌 온전한 용납에서 시작한다.

옭아매지 않고 포용하는 인간관계를 꿈꾸는 어른이고 싶다. 지금 이 순간, 나는 너를 이해하지는 못해도 용납할 수 있는 사람이 되어 가고 있다면 좋겠다.

관계의 블랙홀을 헤집는다. 이해하는 마음과 용납하는 마음의 위치를 재배치한다. 이해하겠답시고 새벽의 진실 의자를 드르륵 끌어와 앉으며 답이 없는 대화 속으로 당신을 빠뜨리고 싶지 않으니, '타인은 이해하는 존재가 아니라 받아들이는 존재'라는 사실을 자꾸 반복해서 내게 알려 준다.

혼자 기대하고 혼자 실망에 빠지지 않는다. 관계의 출발선에서 혼자 전속력으로 달려갔더라도 나와 다른 너의 속도에 상처받지 않는다. 달리기를 시작한 건 전적으로 나의 결정이었으니까. 내 마음은 내 마음대로, 네 마음은 네 마음대로.

우리, 서로를 이해하지 말고 받아들이기로 하자. 무리해서 끌어안지 말고 받아들일 수 있는 지점까지만 가기로 하자. 자연스럽게 함께 있고 싶은 동안만 함께하자. 그렇게 가볍게 훌렁훌렁 봄밤의 산책처럼 함께 걷자.

•

다른 사람에게 들은 말이 상처가 될락 말락 애매할 때, 속으로 "웃기고 자빠졌네" 하고 넘어가면 상처로 남을 확률이 줄어든다.

•

미안한 감정은 시간이 지날수록 아린 기억이 되지만, 억울함은 시간이 지날수록 선명해져 날카로운 마음을 키운다.

・

거지 같은 이별의 진흙탕 싸움에 빠지지 않았다고, 우아하게 지나왔다고 칭찬해 주는 친구. 마음에 진주가 생기는 과정이라고 쓰고 입에서는 나지막하게 욕을 내뱉는다.

・

그리움은 당신의 몫일 뿐, 오늘의 내겐 남은 진심이 없다. 희미하게 이어지는 노크가 거슬려 돌아선다. 그때는 당신이 아니었고 지금은 내가 아니다.

•

　내 일상에서 당신이 점점 희미해진다. 같이 샀던 핸드 로션을 다 썼고, 같이 찾던 식당은 문을 닫았다. 같이 좋아하던 음악은 더 이상 달콤하게 들리지 않고, 같이 나누던 이야기들도 이제는 반짝이지 않는다. 당신이 점점 지워진다. 다행인지 불행인지 아무리 곰곰이 생각해도 모르겠지만 이제는 당신이 없는 일상에 길든다.

불안과
자기혐오를 잠재우는

새벽

•

"보통, 사람들은 너처럼 복잡하지 않아"라고 했다.

그런 말을 아무렇지도 않게 '툭' 던지는 것이 내게 얼마나 큰 파장을 일으키는지 모르는 사람이 그렇게 말했다. 오늘의 대화로 나는 한 겹 더 복잡한 인간이 될 것이 틀림없다.

쳇.

•

당신은 어떻게 이런 세상에서 정신을 그리 똑바로 붙들고 사나요? 묻고 싶은 밤.

•

　　존재하는 것들이 계속해서 존재의 상태로 남아 주었으면
하는 이기적인 생각.

　　더 이상 누구도 무엇도 추모하지 않을 수 있다면 좋겠네.

•

　　매일 많은 단어가 밀려왔다 쓸려 간다.

　　오후 4시의 내가 결정한 일에
　　새벽 4시의 내가 괴로워하고,
　　새벽 4시의 내가 참은 일에
　　오후 4시의 내가 감사한다.

·

　위안의 유효기간.

　오늘 건네받은 위안은 해가 빛나는 동안에만 유효한 것이었으리라. 밤이 오자 마음이 폭삭 주저앉는다.

　·

　칠흑 같은 그림자마다 검은 짐승이 튀어 오를 것 같아서 두렵고 또 두려운 까만 밤.

•

    심리 상담 선생님이 "아주 오랫동안 보통의 기분을 느끼지 못하실 거예요"라고 말씀하셨다. 이제 그게 무엇이든 직면할 차례가 되었다는 뜻이죠. 보통의 기분으로 살아가는 날이 아직 멀었다면, 저는 보통의 기분이 오는 그날까지 보통의 기분을 연기하고 살아갈게요, 선생님.

    그러다 보면 어떤 날 아침에 다시 보통이 올까요?

    정말 그런 날이 올까요?

•

    정말로 보통은 다시 온다.
이전의 그 어떤 '보통'과도 닮지 않은 모습으로
조금 달라진 보통의 날들을 살아간다.

·

엄마 집, 내 방에 불을 끄고 누우면 내가 아이였을 때 붙여 둔 별 모양 야광 스티커가 어둡게 빛난다. 스티커를 볼 때마다 매번 또다시 떠오르는 것들이 있다. 이 방에서 나는 얼마나 많이 울고 웃고 꿈꾸었던가. 순간순간 얼마나 아찔하고 괴롭던가. 그때 그 아이가 이 방 곳곳에 여러 형태로 남아 나를 지켜보는 기분에 빠진다. 이 자리에 잠들 때면 쉽게 그때의 기분으로 돌아가곤 한다. 야광 스티커는 너무 낡아 잠깐 스치듯 빛을 낼 뿐이지만 그 찰나의 빛이 무겁다. 유년기는 여전히 목덜미를 잡고 놓아주지 않는다.

불안과 자기혐오를
잠재우는 새벽

209

●

　　나와 나의 존엄, 내가 지키고 싶은 것들과 포기하고 싶은 것들 사이를 맴돈다. 하루아침에 나아지지 않을 거라는 사실은 이미 오래전부터 알고 있었다.

　　종종 컨트롤할 수 없는 형태로 변하는 나의 광기를 바라본다. 경계한다. 밀어낸다. 현실에 발붙이고 살아남기를 바란다. 광기는 고무줄 달린 공처럼 무서운 속도로 다시 돌아온다. 밀어내기는 어려운데 숨만 쉬어도 자꾸 다시 돌아온다.

　　사실을 왜곡해 나의 내면을 공격하는 것에만 심혈을 기울이는 나의 어떤 부분이 제일 무섭다. 스스로 파괴하고자 하는 마음이 조금 사그라들었으면.

•

생각을 멈추는 버튼이 있었으면 좋겠다.

지금을 살아가기 위해 필수적인 생각만 남고 찌꺼기 같은
생각들은 가라앉았으면. 반복해서 곱씹고 두려움에 떠는 마음
의 굴레가 지겹다. 스스로가 지겨운 날이 제일 곤란하다.

•

    바로 여기, 더는 갈 수 없는 경계선이고,

    바로 오늘, 이 순간이 한계에 다다른 시간이라고 인지하기를 멈추지 않는, 과열된 나의 편도체.

•

    '사유'라는 단어를 반복적으로 마주할 때마다 느껴지는 피로에 대하여.

•

    일 때문에 한 달 동안 104권의 책을 본다. 낮에도 책, 밤에도 책. 과도한 독서는 정신 건강에 해롭다. 그래도 와중에 섞여 있는 아름다운 문장들이 조곤조곤히 말을 걸어오는 기분. 단어와 문장은 이렇게나 신비롭고.

•

포춘쿠키 속에서 나온 문장이 과할 정도로 심오하다.

"마음이 점점 무뎌져 가는 것은 스스로 새로움을 원하지 않기 때문입니다."

•

어젯밤엔 홍천의 어느 낯선 방 베란다에서 하늘을 바라보았는데 가을밤 나무들이 뿜어내는 공기가 폐 안에 가득 들어찼다. 이윽고 눈에 보이기 시작한 밝고 작은 별들이 반짝반짝.

그래 이거였구나. 내가 살아가며 놓치고 있던 것들.
저 멀리에 가득한 작은 별빛이 나를 안아 준다.

보이지 않는다고 그곳에 없는 게 아니야.
마음을 기울이면 우린 언제든지 만날 수 있어.

•

매일 타는 차

매일 먹는 약

매일 가는 곳

매일 보는 사람

매일 하는 생각

매일 듣는 음악

그 매일을 이루는 것들이 다 싫어지는 시점에 서 있다.

●

매일 마시는 차

매일 먹으려고 노력하는 영양제

매일 걷는 공원

매일 만나는 당신의 웃음

매일 하는 생각

매일 듣는 하니아 라니

그 매일을 이루는 것들이 하나하나 얼마나 소중한지 사실은 알고 있다.

•

합주를 마치고 집에 왔다. 옷을 갈아입고 손을 씻으니 벌써 새벽 2시. 허기진다. 하지만 무언가를 씹어 삼키기에는 부담스러운 시간. 먹을까, 마실까, 참고 잘까 고민한다. 결국 차를 한 잔 마시기로 한다. 진하게 끓인 잉글리시 브렉퍼스트 티에 우유를 넣어 마시면 적당하겠다. 티백은 시시하다. 아침까지만 해도 즐겁게 우려 마셨지만 새벽 2시의 마음은 그게 아니다. 인퓨저에 찻잎을 직접 우려내기로 한다. 새 틴 케이스를 열었다. 천천히 물을 붓는다. 찻물이 배어 나오기 시작한다. 이내 근사한 향의 홍차가 완성된다. 한 모금 맛보고 싶은데 아직 차가 너무 뜨겁다. 그렇다고 바로 차가운 우유를 부어 버리자니 새 차의 맛이 궁금하다. 새로 끓인 홍차에 대한 예의를 지키기 위해서라도 맛을 보기로 한다. 우유로 향을 덮어 버리기 전에, 딱 좋은 온도의 따끈한 위로가 되기 전에 날이 선 그대로 차의 맛을 보고 싶다. 뜨거운 차에 찬물을 살짝 섞어 온도를 낮춘다. 한 모금. 알싸한 따스함에 만족한다.

이제 원래의 계획대로 우유를 넣은 차를 마실 차례가 되었다. 완벽한 온도의 차에 우유를 넣어 한 모금 마시자니 너무 미지근하다. 새벽 2시라서일까, 똑바로 생각하지 못하고 온도와 농도 계산을 망치고 말았다. 30초 전의 나는 어째서 뜨거운 차를 조금만 덜어서 식혔다가 마시지 않은 걸까? 미지근한 차를 전자레인지에 넣고 2분을 기다리다 힐끔 들여다본다. 우유가 보글거리며 끓어 넘치고 있다. 아뿔싸, 제길, 흑흑.

엉망으로 더럽혀진 전자레인지의 내부는 못 본 척하고 다시 맛을 본다. 이미 한 번 식었던지라 차는 제대로 향을 내지 못하고 입안에서 겉돈다. 새로 물을 올린다. 다시 진하게 새로운 차를 끓이기 시작한다. 어서 자야 하는데 홍차 한 잔에 20분을 투자하고 있다. 가끔 이렇게 쓸데없이 까탈스러운 새벽을 보낸다.

까만 밤 반짝이는 야외무대 위.

미지근한 바람이 목덜미를 스치고 지나간다.

공격적인 드럼 소리와 함께 발을 구른다.

마법 같은 순간의 비일상성으로 가득 찬 행복.

그런 완벽한 순간을 맛보고 나면 함부로

무대에서 퇴장할 수 없게 된다.

•

어제는 서울에서 충청남도를 거쳐 서울,

오늘은 서울에서 전라북도를 거쳐 다시 서울.

멀리 연주하러 다니느라 하루 사이

동료들 얼굴이 야위었다.

•

코로나 이후로 고속 도로 휴게소에서 밤의 우동을 먹을
수 없게 되었다. 밤 11시의 우동, 밤 12시의 라면, 라면에 들어
있는 형체 없는 계란의 기쁨. 그런 것들은 이제 과거에만 있다.
하는 수 없이 각자 마음에 드는 과자를 한 봉지씩 끼고 깜깜한
푸드 코트를 돌아 나선다. 오독오독 아작아작 파삭파삭. 좀 서
운한 저녁을 씹어 넘기는 소리만 가득한 차 안.

·

어깨 상태가 나빠진다. 무거운 악기를 들고 서서 2시간씩 연주를 하다 보면 승모근이 경직되는 건 당연하다.

천천히 어깨를 돌려 보니 공장의 오래된 기계에서 날 것 같은 소리가 난다. 뭔가 찢어지는 소리, 기분 나쁘게 마찰하다 가 튕기는 소리. 몸에서 나면 좋을 리 없는 종류의 소리.

날개뼈의 통증은 스테로이드 주사로도 쉽게 잡히지 않는 다. 연주자로서 살아가는 날의 한계가 어디인지 알 수 없지만 어 제보다는 오늘이 더 가깝다. 오늘보다 내일은 더 멀리 미뤄 보 기 위해 공들여 어깨 스트레칭을 한다.

•

노래를 짓고 글을 쓰고 말을 뱉고 나를 세상에 내보이며 살아온 지 꽤 오랜 시간이 지나고 있다. 뜨거운 눈빛을 던지는 사람들에게 얻은 에너지로 조금씩 나아간다. 두리번거리며 징검다리를 건너 다음, 또 다음으로 간다. 종종 느린 발걸음을 멈추는 날을 상상하곤 한다.

더 이상 내게서 노래도 단어도 흘러나오지 않게 되면 나는 가치가 없는 사람이 되려나? 어떤 면에 있어서는 그렇기도 하다. 무엇을 써도 누구에게도 가닿지 않는 날이 결국 오고야 말겠지만, 다행히 오늘은 아니다.

•

삶의 모든 순간에 쓸모 있는 인간일 필요는 없지.

•

    매일 밤 잠자리에 들기 전 스트레칭을 하면 좋다고 한다. 하지만 스트레칭은커녕 매일 밤 씻기도 귀찮아 소파에 누워서 핸드폰만 만지작거리는 시간이 길다. 잠들기 전 그날의 어둠을 끊어 내는 연습만 할 수 있어도 다행이다.

    가만히 누워 팔다리를 최대한 몸통에서 멀리 뻗고 툭 놓아둔다. 깊은 호흡으로 몸의 긴장을 풀어낸다. 눈을 살짝 감는다. 침실의 천장을 보지 않는다. 절대로 천장 벽지에서 한두 개씩 띄엄띄엄 반짝이는 포인트를 찾지 않는다. 머릿속에 가장 먼저 떠오른 어둠을 감지한다. 어떤 색과 질감의 어둠인지 자세히 들여다보면 안 된다. 어둠에 이름을 붙이지도, 확대 해석하지도 않는다. 그저 부드러운 천으로 조심히 어둠을 감싼다.

    작은 동그라미가 될 때까지 구깃구깃 구겨서 머릿속의 우주 중 가장 먼 우주로 휘릭 날려 보낸다. 여기서 중요한 포인트가 있다. 한번 어둠을 날려 보냈다면 다음 어둠이 찾아오기 전에 잠들어야 한다. 멀리 날려 보낸 어둠이 다시 힘을 얻어 꿈틀거리며 날개를 펼치기 전에 깊은 잠으로 도망친다.

    아침의 햇살이 모든 것을 나아지게 할 것이라는 믿음만은 잃지 않는다. 비록 가끔은 사실이 아닐지라도 절대로 의심하지 않는다.

•

연초를 피며 지나가는 사람의 뒤를 따라 걸었다. 인생에서 두 번째로 담배를 끊은 지 8개월이 지났는데 아직도 담배 냄새가 너무 좋다. 요즘은 아주 맛있게 담배를 피우는 꿈을 꾼다. 아무래도 담배를 끊었다고 이야기하기보다는 쉬고 있다고 이야기하는 쪽이 적절하겠다.

•

　요 몇 달간 나를 가장 즐겁게 하는 건 향수다. 모두가 적당히 좋아할 만한 향이 아니라 호불호가 강한 향수를 칙칙 뿌리고 외출하는 일이 특히 즐겁다. 같은 향수를 뿌려도 내가 어떤 장소에 있는지, 어떤 사람을 만났는지, 어떤 기분인지, 어떤 표정인지에 따라 다른 향으로 감각된다는 점이 재미있다.

　어렸을 적엔 오직 하나의 향수만을 사용하며 자신의 향으로 소화해 내는 사람들이 어른스럽고 멋지다고 생각해 왔는데, 나는 그런 부류의 사람이 못 된다. 날마다 그날의 날씨와 기분과 상황에 맞게 향수를 입고 집을 나서는 편이 훨씬 즐겁다. 잠자리에 들 때도 마찬가지인데 좋은 향을 입고 잠들면 더 좋은 꿈을 꾸는 것 같다. 꿈속에서도 더 멀리까지 다녀올 수 있게 된다. 프레데릭말과 바이레도가 없었다면 올겨울은 과연 어떤 겨울이었을까? 향에 취해 무거운 한 계절을 지나 보낸다.

　향에 있어서 좋아하는 점이 또 한 가지 있다. 아무리 노력해도 말로는 완전하게 설명할 수 없다는 점이다. 향은 눈에 보이거나 만져지지 않고, 귀에 들려오지도 않는다. 그런데 정말 신기하게도 어떤 향은 눈앞에서 아른거리고, 질감이 느껴지다가 귓가에서 낯선 소리를 내곤 한다. 한껏 예민해진 감각이 모두 달려 나와 향을 마주한다.

오늘 밤은 어떤 향을 입고 잠에 들까?

그런 상상이 제일 즐겁고,

글과 노래를 상상하는 일은 자꾸 버겁다.

•

시간이 아주 빠르게 흐르는 기분.

새로운 것에 금방 익숙해진다. 반대로 몸에 꼭 맞던 공기
는 한순간 시들하게 낯설어지고…. 오늘이 어제가 되는 속도에
놀라 뒷걸음질 지고.

그냥 흘려보내지 않겠습니다. 모든 순간을 마음에 찰칵
찍어 두고 어떤 색인지 분명히 기억하겠습니다.

•

흥이 나면 경거망동해서 점선으로 흐릿하게 그어 둔 마음
의 경계를 넘나든다. 경거망동한 순간의 나 역시도 좋아한다고
말해 주던 친구의 다정한 얼굴.

●

"난 모든 것을 흐릿하게 보아요."

어둠 속에서 그녀가 말했습니다. 며칠 전엔 분명하게 보였던 사거리의 신호등도 오늘은 볼 수 없더군요. 자칫 귀갓길이 조금 늦어져 세상이 어둑하게 변하는 시간에 집에 돌아가게 되면 길 위의 얕은 턱에 걸려 넘어지기도 하지요. 밝은 빛 아래에서는 가끔 당신 얼굴이 뚜렷이 보이기도 해요. 아주 가끔일 뿐이지만요.

나도 예전에는 당신처럼 캄캄한 영화관에서 보는 새벽 영화를 즐겼던 때가 있었죠. 자정의 고요한 강가에서 불어오는 바람에 나의 온몸이 두려움에 휩싸였다가 아무도, 아무것도, 필요하지 않다는 생각에 자유로워지던 기분. 나도 당신처럼 꼭 그런 기분을 느껴 보기도 했어요.

이제는 햇살이 내리쬐는 시간만큼은 꼭 깨어 있으려고 노력해요. 조금씩 더 짧게 허락되는 장면들이 갈수록 더 아름다워 보이는 건 왜일까요.

어둠은 한시도 쉬지 않고 나에게 다가오고 있어요. 붉은 구두를 신고 잔디밭을 걸을 때도, 검푸른 바닷가에 서서 머릿속에 바다의 모습을 새겨 넣을 때도, 조금 일찍 잠든 날에는 조금 더 많이, 당신과 대화를 나누는 이 순간에도요. 어느 날 아침에 일어났을 때, 완벽한 어둠이 나를 기다리고 있다고 해도 나는 괜찮을 것 같아요.

내겐 당신의 얼굴을, 빛나는 햇살을 기억할 수 있는 시간이 있었으니까요. 설령 괜찮지 않다고 해도 괜찮아요. 나에겐 온 세상을, 모든 장면을 곱씹어 볼 수 있는 어둠이 있으니까요.

•

　세상에 대한 민감도가 높아져서 머릿속으로 계속 소리를 지르고 있는 기분이다. 필요시 한 봉 털어 넣는다. 인데놀은 심장 박동을 느리게 만든다. 소리가 잦아든다. 온종일 문장을 생각한다. 짓고 무너뜨리고 번뜩였다가 실패한다. 제풀에 나가떨어져 밤이 오기도 전에 패배한 병사의 기분을 느낀다. 터덜터덜 걸어 집으로 돌아온다.

•

　결국 또 하루의 흠집을 안고 조금 더 낡은 사람이 되어가는구나. 어쩜 이렇게 자잘한 흠집투성이 모습으로 살아가는지. 마음을 보는 거울이 있다면 우리 모두 그 앞에서 까무러치겠지.

•

　바닷가에서 온종일 해풍을 맞으며 고고하게 살던 소나무들은, 어느 밤 몰래 침입해 나무에 몹쓸 짓을 한 사람들이 다녀간 후 병에 걸린다. 시름시름 앓다가 결국 한 그루도 남김없이 모조리 죽어 버리면 그날만 기다렸던 사람들은 언제 거기 소나무가 살았냐는 표정으로 샛노란 중장비를 들이민다. 그 자리엔 이제 24시간 할랑한 재즈 음악이 흐르는 리조트가 있다. 본인들이 소나무의 무덤 위에 앉아 있다는 사실을 모르지만, 사실은 가해자인 사람들. 통창을 통해 바다를 바라보며 생의 하루를 축복한다.

•

　동물은 유희의 목적이 아닌 존재 자체로 보호받아야 한다. 사육사와 철장 안 동물들 사이의 유대가 대중에게 감동 서사가 되는 상황에 대해 생각해 볼 필요가 있다. 애초에 그 유대가 필요하지 않은, 사람의 손길이 없어도 살아갈 수 있는 상황이야말로 기본값이니까.

•

    경북의 어느 농장에서 20년간 갇혀 살던 사자 한 마리가 사살되었다. 그의 이름은 사순이. 사순이는 8월의 태양이 뜨겁게 내리쬐는 우리에서 탈출해 근처 나무 아래 오도카니 앉아 있다가 총에 맞았다. 갈비뼈가 훤히 보일 정도로 마른 몸을 하고 황망하게 죽음을 맞이했다. 문이 잠겨 있지 않아 맹수가 우리 밖으로 나온 것을 과연 '탈출'했다 하는 게 맞는지 모르겠다. 열려 있는 길을 걸었다면 그는 그저 조금 나은 현실을 찾아 걸은 것 아닌가. 우리에서 고작 몇 미터 떨어진 곳에 가만히 앉아 있던 사자에게 '탈주극'을 벌였다는 단어를 사용하는 건 누구에게 편리한 결정일까.

    지난봄에는 얼룩말 한 마리가 동물원에서 탈출해 도심을 질주한 사건이 있었다. 얼룩말에게는 세로라는 이름이 있었다. 당일 SNS를 통해 세로가 도심을 힘차게 달리는 영상을 보고 그가 더 멀리 달려서 세렝게티까지 닿았으면 좋겠다고 생각했다. 세로의 탈주극은 SNS를 통해 유명해진 덕분인지, 아니면 탈주극이 벌어진 배경이 자칫 잘못하다간 인간이 피해를 볼지도 모르는 도심이기 때문인지, 그것도 아니라면 그가 맹수가 아닌 얼룩말이기 때문인지, 그 모든 사실에 의거한 결정인지 알 수 없지만 마취총을 이용한 포획으로 끝날 수 있었다. 사순이는 죽이고 세로는 살리는 결정은 사자도 얼룩말도 아닌 인간이 내렸다.

동물들이 계속 착취당하고 탈출하고 죽는다. 곰도 죽고 사자도 죽는다. 좁은 우리에서 형편없는 대우를 받고 살던 동물이 탈출했다는 소식, 다시 잡혀 들어갔다는 소식, 마취총을 이용해 포획했다는 소식이 끊임없이 들려온다. 잊을 만하면 새로운 동물이 탈출하고 죽는다. 곰도 아니고 사자도 아닌 인간 때문에 동물들이 계속 의미 없는 삶과 죽음을 맞이한다. 오늘도 "인간 별로야"를 외치며 가장 인간다운 특권을 누리고 인간다운 모습으로 잠드는 내가 인간이라 별로다.

•

나는 아직 겁쟁이라 말할 수 없는 일들이 너무 많은데 그
가 먼저 나서서 모두 이야기해 주었다.

쉽지 않은 단어를 또박또박, 조곤조곤히 이야기하는 그의
확신에 찬 눈빛을 보면서 순간적으로 나는 '지금 정말로 이 사
람을 마주하고 있다'고 느낀다. 빛이 나는 사람. 가감 없이 마음
을 말하는 사람의 아름다움.

이야기를 마치면서 그는 모든 것을 열어 내기까지 참 오
래 걸렸다는 말도 잊지 않았다. 그가 홀연히 벗어던진 것처럼 나
도 벗어던지고 싶다. 그처럼 괴로워도 꾸준히 나아가는 용기 있
는 사람들만 갈 수 있는 그곳에 나도 우뚝 서고 싶다.

•

새까맣게 나를 집어삼키는 어둠을 종이 위에 쏟아 버리지 않고 적당히 애매한 회색으로 문장을 완성한다. 앞뒤가 맞도록 고민해 너무 해로운 거짓은 아니지만, 진실이 될 수는 없는 단어를 적는다. 시간이 지난 후 그 어둠을 잊기가 조금은 수월하기 위해. 미래의 나를 위해 현재의 내가 이상한 선택을 한다. 모든 것을 다 기억해야 한다면 얼마나 괴로울까? 기억하고 싶은 동시에 잊고 싶은 오늘도 결국은 시간 속에 파묻혀 사라지기를. 변형된 기억 속에 견딜 만한 기억만 남기를.

•

쓰고 싶은 것을 탈탈 털어서 쓰자는 마음과 감출 것은 감추고 포장할 것은 포장해서 내보내자는 마음이 매일 싸우고.

•

별 탈 없이 잘 살아지는 날엔 마음을 들여다볼 일이 많지 않아 시간이 빠르게 흘러가는데, 요 며칠은 마음이 균형 없이 흔들리고 중심을 찾지 못해 위태로운 상태로 하루하루를 보내고 있다. 괜찮다가도 어느새 파랗게 질려 있고, 멀쩡하다가도 아무것도 못 하겠다는 상태에 접어들곤 한다. 마음을 들여다보니 시시각각 변덕스럽게 바뀌고 있다. 참 못생겼다.

내 마음은 어째서 이렇게 어렵고 무거운가, 왜 나는 자꾸 넘어지나. 그렇지만 마음에는, 적어도 마음만은 가성비와 효율을 따지지 말아야지. 이 끝부터 저 끝까지 모두 돌보고 바람을 쐬어 줘야지. 그렇게 살아야지. 파괴하지 말고 보듬으며 살아야지. 내일도 모레도 나는 여전히 나로 살아야 하니까. 나는 계속 이대로 나의 안에서 살아갈 테니까.

●

찬 바람 부는 들판 위에 머리카락을 나부끼며 서 있고 싶다. 벽이 줄어들고 천장이 낮아지며 집이 좁아지는 기분. '점점'이라는 단어, 얼마나 무서운지.

●

계절이 바뀌면 풍경이 달라지는 창문.
서울에서는 그 창문 하나를 갖기가 참 어렵다.

•

매일 누워서 우는 동안 내가 없어도 세상은 흘렀다.

3주가 지났다. 거리의 풍경도, 날씨도, 자주 가는 카페까지도 다 바뀌었다. 아침에 일어나면 '오늘은 정신을 차려서 천천히 움직이자' 생각하고 용을 쓰다가 실패하고 무너진다. 간밤엔 6시간을 잤고, 좋은 꿈을 꾸었다. 눈을 뜨고 나니 꿈은 꿈일 뿐 현실은 여전하다.

내가 누군지 모르겠다. 자기 존재에 의문을 품는 그런 흔하디흔한 사람이 여기 한 명 더 있다. 성냥개비로 하나씩 공들여 쌓은 세계가 바스러지는 것을 보고 있다.

활활 타고 재만 남아 스르르 무너진다.

•

　은밀하게 품고 있는 비밀이 목을 조른다. 모두 뱉어 내면 어디부터 어디까지 망가질지 상상한다. 망상 속에서도 더 많이 잃는 사람은 내가 된다.

불안이 조금, 화가 약간, 무기력이 적당히

발끝부터 빠르게 차오른다.

그렇게 서서히 차올라서 결국은 나를 잠식한다.

그 모든 부정적인 감각이 내 몸에 꼭 맞게 들어차는 순간.

●

하하 호호 떠들며 즐겁다가도 집으로 돌아오면 마음 한 구석이 뻥 뚫린 기분으로 무기력해지는 날. 온종일 너무 시달려서 하루의 끝자락에 돌아보면, 몸과 마음에 사용할 수 있는 에너지가 한 방울도 남지 않은 것 같은 날. 노래도 영화도 그림도 그 무엇도 손에 잡히지 않고 그냥 계속 더, 더, 바닥으로, 바닥으로 추락하게 되는 날.

그런 날, 나는 누군가 내게 괜찮다고 말해 주기를 바라지 않아. 그런 날만은 아무것도 괜찮지가 않다는 사실을 모두 알고 있잖아.

•

　괜찮지 않아도 그럭저럭 살아진다고 알려 주는 사람은 어디에도 없었다.

　어떻게든 괜찮은 눈빛으로 괜찮은 미소를 지어 보여야 한다고 생각하면 마음이 뚝! 하고 끊어질 것 같다. 온전한 마음으로 살아가지 않아도 괜찮다며 내 손을 잡아 줄 무언가 혹은 누군가가 있었으면 좋겠다. 일단은 고장 난 마음 근육을 감추기 위해 적당한 미소를 장착하고 사람들 사이에 섞여 본다.

　'그럭저럭'이라는 말 뒤에 숨어 진짜 마음을 가리고 살아가는 시기가 있다. 그럭저럭 밥을 먹고 그럭저럭 대화를 나누고 그럭저럭 웃기도 하고, 그럭저럭 매일 밤 집으로 돌아온다. 욕구와 욕망을 차분히 누르고 가장 기쁜 나와 가장 슬픈 나에게서 발언권을 빼앗으면 그냥 그럭저럭 살아진다. 악기에 컴프레서를 걸어 도드라지는 소리를 표출하지 못하게 하는 것처럼 내게도 컴프레서를 건다. 그럭저럭 하루를 마칠 수 있는 그럭저럭 성실한 내가 방향키를 잡고 나아가도록 둔다.

　요란하지 않게, 잔잔하게, 자극에서 가장 먼 방식으로 나를 입히고 먹이고 도닥인다. '그럭저럭 사는 시기가 너무 길어지지만 않는다면 당분간은 이대로 괜찮겠지' 생각하며. 큰 소리로 엉엉 울고 싶은 내가 툭 튀어나와 그럭저럭 살아가는 나를 때려

눕히고 일상을 눈물바다로 만들어 곤란해지기 전까지는 그럭
저럭 살아 내기로 한다.

괜찮지 않아도 괜찮다.

결국은 슬픔과 애통함을 건너 씩씩하게 살아갈 날이 다
시 돌아올 테니까. 비슷하게 생긴 인생의 모퉁이를 이미 나는
몇 번이고 돌아 이 자리에 있다. 앞으로도 계속 다른 모퉁이를
지나가게 될 거란 사실 역시 알고 있다.

·

착 가라앉는 마음을 살짝 집어서 벽 한중간에 걸어 둔다.

'자, 네가 적어도 이쯤에 있어야 내가 평범하게 숨을 쉬고 밥을 먹고 잠을 자고 길을 걸을 수 있어. 천장을 뚫고 날아갈 필요는 없으니 적어도 이 방 안에만 있어 주면 안 될까.'

마음은 잠시 벽 중간에서 망설이나 싶더니 주르륵 흘러내린다. 바닥에 찰싹 붙어 더 아래로, 아래로 내려갈 기회만 엿본다.

·

불행을 먹고 사는 괴물이 뚱뚱해지겠네.

거대한 우울이 마음의 문을 뻥 차고 들어와 앉았다.

복통도 데려왔네.

마음이 먼저 아팠는지 몸이 먼저 아팠는지 잘 모르겠다.

둘은 늘 같이 움직인다.

나는 괜찮고 싶어서 발버둥 친다.

●

　영감이 필요하다고 느끼는 바로 그 순간부터 우리는 끝
도 없이 추락하고, 지저분한 길을 걷고, 타협으로 뭉쳐진 결정
을 하게 될지도 모른다.

　삶의 모든 것이 이렇게도 충만한데도 마음은 그렇지가 않
다. 이미 다 망쳐 버렸다는, 가망 없다는 기분의 밤. 용기를 내어
되돌릴 자신이 없다. 이런 기분으로 똘똘똘 작고 단단하게 뭉쳐
진 밤에는 온몸으로 그 앞에 맞서 견딘다.
작은 돌 같은 상처 하나 내 몸 어딘가에 박혀서 하루 이틀 사
흘 나흘 지나며 더 단단하게 강해지려 한다.

·

미처 다 깨어나지 못한 몽롱한 아침에

네가 있으면 좋겠다.

말없이 꼭 끌어안고 다시 잠들 수 있도록.

·

인정할 수밖에 없는 사실,

분명 나는 점점 더 피로해지고 있다.

●

　무너지고, 목 놓아 울고, 스스로를 파괴하는 시간을 보내다 보면 눈앞은 뿌옇게 흐리고 귀와 코는 먹먹하다. 이미 먹통이 된 감각이지만 더듬더듬 삶을 거슬러 올라간다.

　한바탕 요란하게 상어들의 전투가 벌어진 바다의 밑바닥처럼 모래와 피, 떨어져 나간 살점으로 온통 분탕이 된 마음. 또렷하게 보이지 않는다. 가만히 숨을 쉬며 다음을 기다릴 수밖에 없는 지난한 시간의 고통. 영원히 뿌옇기만 할 것 같던 상황도 시간이 흐르며 결국은 찬찬히 가라앉는다.

　산호로 지은 성은 무너졌다. 산산조각 나 바다에 나뒹구는 핑크빛 산호를 집어 든다. 바닥을 장식하던 돌멩이는 온통 흐트러져 배열이 사라지고 말았다. 무너지고 망가진 세계를 바라보며 맥이 풀리지만 적어도 상처를 직시하고 돌볼 수 있는 시간에 도착한다. 결국은 흔들리지 않는 내면으로 맞이하는 고요와 평안이 시작될 것이다.

　그제야 비로소 치유의 가능성도 함께 온다.
　상처를 단단하게 하기 위해 걸어야 하는
　길고 가파른 길의 시작에 서게 될 것이다.

•

잠을 자다가 짜증과 불만이 섞인 목소리로 울어 대는 건 넛집 아이의 목소리를 듣는다. 뒤숭숭한 꿈을 두어 개 꾸었다. 계속해서 나를 의식의 세계로 끌어내는 소리를 이기지 못하고 너무 일찍 잠에서 깨어 버린다. 우는 아이를 달래며 오가는 건 지 아이의 울음소리가 복도 이쪽 끝에서 저쪽 끝으로 옮겨 다 니며 울려 퍼지는 아침.

멍하니 앉아 있다가 결국 귓가에 들려오는 울음소리가 내 마음에도 닿아 짜증과 울음이 마음속에서 끓어오를 때쯤 왈칵 문을 열고 나가 항의할까, 고민하다가 '아이를 업고 다니는 사람 도 지금 울고 싶은 마음이겠지' 하고 그만둔다.

주관적인 동질감으로 참는다.
다들 울고 싶은 하루를 살아 내는 시간이구나.

•

　《불안이 나를 더 좋은 곳으로 데려다주리라》를 출간한 이후에는 불안할 때마다 주문처럼 내 책의 제목을 나지막이 읊는다. 불안 없이는 성장도 없었으니까. 불안한 순간을 잘 보내고 나면 좋은 곳에 서 있을 수 있으니까.

•

　최근 섭렵한 작품들은 불량으로 가득하다. 취할 땐 맛있고 취하고 나면 더부룩하다. 마음이 엉켜 있으니, 오늘은 쓰지 않기로 한다. 좋은 아웃풋을 위해서는 좋은 인풋도 중요하다.

•

이 동네에서는 비행기 소리가 자주 들린다. 누워서 가만히 있으면 히드로에 오고 가는 비행기들이 저마다의 존재를 피력하며 멀리 가는 소리를 들을 수 있다.

어떤 날은 하루 종일 누워 울고 어떤 날은 하루 종일 걸어 다닌다. 낯선 침대에 누워 사람들의 연락을 피하고, 모든 것을 외면하고 도망치면서 점점 더 내가 희미해진다.

어디서부터 잘못된 걸까, 어떤 단추부터 잘못 끼운 걸까 같은 생각을 하고 또 하다 보면 지옥에서의 하루가 지나간다. 공들여서 지켜 온 일상은 참 쉽게 무너진다. 천천히 괜찮아질 거라고 생각했는데 마음은 자꾸 엉뚱한 길로 가려 하네. 바보 같은 마음이 문제야.

•

　끔찍이도 잠이 오지 않는 밤에는, 꼭꼭 닫아 자물쇠까지 채운 끔찍한 생각들로 가득 찬 방의 문이 저절로 열리고, 끔찍한 생각들이 몸집을 불려 차례대로 이미 끔찍한 마음에 걸어 들어오고, 여러 가지 끔찍이 더하고 더해져 버무려진 채로 결국엔 끔찍한 잠에 빠진다. 아무리 끔찍한 잠이라도 없는 것보단 낫다.

・

　물건도 사람도 감정조차도

　지금은 내 것이 아니더라도, 한때 내가 소유했다고 믿었던 것들은 굳게 마음만 먹으면 언제고 다시 내 것이 될 거라고 생각하는 얄팍한 욕심이 있다.

　아주 잠깐만 깊이 생각해 보면 '아니었네. 단 한 번도 내 것이 아니었네' 하고 알아차릴 텐데 생각을 그 길로 몰고 가지 않는다. 당연히 내가 소유했다고 믿는 것들에 대한 의문을 품기가 괴로워서 멀리 빙 둘러 간다. 나는 스스로를 속이는 법을 너무 잘 알고 있다.

　과거를 헤집어서 나를 더 올곧게 만들기는 괴롭고, 그럭저럭 곱게 포장해서 내가 보고 싶은 면만 보고 사는 쪽은 할 만하다. 바보 같은 실수를 반복한다. 이것저것 들여다보고 공을 들일 에너지가 점점 부족해져. 정말로 내 것이라고 믿는 것들만 바라보고 살게 된다. 아마 이런 방식으로 나의 세계는 점점 더 좁아지겠지. 뻔한 결정을 하고 뻔한 생각을 하며 뻔하게 살아가겠지. 그때 그 기분은 내가 열심히 노력한다고 해서 다시 느낄 수 있는 게 아니야.

　명심하고, 순간순간을 지나치지 말고 느끼도록.

·

똑똑 노크도 없이 불행이 왔다. 스스로를 돌보는 마음이 사라져 간다. 머리끝부터 발끝까지, 안으로 밖으로 모든 내가 모두 밉네.

나를 잡아 줘, 꼭 잡아 주겠니.

●

　괜찮지 않은 날, 괜찮기 위한 방법을 찾기엔 생각보다 훨씬 많은 에너지가 필요하다. 결국은 다시 전화를 걸어 왜 받지 않았는지 설명해야 할 전화가 울려도 받지 못하는 날에는 받지 못할 뿐. 입술을 열어 한마디 내던지기가 무엇보다 힘든 그런 날에는 아무리 사소해도 두렵고, 자극이 되고, 죄책감이 일고, 멸망으로 이어진 길만 보인다.

　오늘 나는 괜찮기 위한 방법을 찾았지만, 그저 오늘의 내가 운이 좋았을 뿐이다. 다른 날이 오면 무너지고 웅크리며 파괴적인 생각들로 나를 괴롭힐 것을 안다. 계속해서. 매일매일.

　쉼 없이 괜찮아지려는 방법을 찾을 것.
　운이 좋은 날들을 연속적으로 살아 낼 기회를 만들 것.

•

숨을 참듯 마음을 참고, 머리를 참고, 나를 참는다.

웃어라. 울게 되기 전까지.

•

스스로 점점 더 못난이 인형같이 변해 가는 기분이 들어서 참을 수 없는 날들.

우울한 기분을 피하고 싶어서 다른 생각을 해 보고, 달콤한 음식을 먹는다. 나는 참 어리석다. 어리석은 내가 거울 속의 내게 상처받은 얼굴을 한다.

•

　자신의 변화에 대한 책임을 타인에게 묻고 싶어진다면 그
건 아마 공식적으로 겁쟁이가 되었다는 뜻일 거야.

•

당장이라도 보고 싶은 너. 아무 말 하지 않아도 다 이해한다는 눈빛으로 나를 바라보고, 수줍을 땐 갑자기 얼굴이 빨갛게 달아오르던 너. 당장이라도 안고 싶은 너. 작은 모래알 하나도 같이 보고 있으면 즐겁던, 힘들 땐 꾹 참다가 결국은 매번 눈물을 쏟아 내던 너.

그리운 너는 그때에만 있고 지금의 너는 자꾸 나를 쓸쓸하게 한다. 지금의 나도 자꾸 너를 쓸쓸하게 할까?

너도 자꾸 내 얼굴 뒤에 숨은 그때 그 애를 기다릴까?

온몸이 시릴 정도로 차갑게 부는 바람에
나를 맡기고 싶어.
조금씩 흩어져 나쁜 나를 걸러 내고
툭툭 털고 일어서고 싶어.

노력해. 나를 놓치지 않기로.
더 노력해. 삶을 가벼이 여기며 무감하게 살지 않기로.
즐거울 땐 더 크게 웃고
불안할 땐 실체가 없는 것들에게 지지 않기로.
최소한 어깨를 펴고 맞서기로.

•

많이 쓰고 많이 채우려고 하는 여름.

이렇게 욕심으로 가득 찬 마음일 땐 결과물을 내보내기가 오히려 어려워진다. 일요일 밤까지 마감인 원고를 월요일로 가는 새벽 3시까지 잡고 있는 이유. 오늘 전시를 보러 간 전시장에서는 데이비드 린치의 짧은 필름이 상영되었고 "불안과 슬픔 같은 것들은 영화나 소설 속에서 아름답게 표현되지만, 실제로 예술가에겐 독과 같다"라는 그의 말에 고개를 격하게 끄덕인다.

불안과 슬픔을 이해하는 것과

불안과 슬픔을 태도로 가지는 것에는 아주 큰 차이가 있다. 나는 오늘도 물렁한 복숭아를 주문하고 뜨거운 남산 둘레길을 걸으며 나에게 묻은 오늘 치 슬픔을 문대어 소멸시킨다.

•

　하고 싶은 이야기가 많아진다.

　전보다 가고 싶은 공간도 많다.

　한창 바닥일 때보다 보고 싶은 영화도 많고, 걷고 싶은 길도 늘어난다. 읽고 싶은 책이 많다는 사실도 반갑다. 마음의 상처가 많이 나아지고 있다는 뜻일까?

●

　비 오는 새벽의 앵거스 앤 줄리아 스톤은 완벽하구나.

　'우울'이라는 감정이 왜 위험한지 모르던 시절엔 이렇게 기분이 저조한 새벽에 겁도 없이 닉 드레이크와 조니 미첼, 레너드 코헨을 귀에 넣고, 심장에 섞었다.

　그래서 나는 오늘의 내가 되었고, 이제 새벽에 듣는 닉 드레이크가 얼마나 위험한 건지 알게 되었으니 듣고 싶은 음악도 꾹꾹 참고 몸과 마음의 균형을 지킨다.

　그래서 새벽 1시가 좋은 거야.

　새벽 2시의 어둠이 덮치기 전 너무 늦기 전

　아직 잠들 수 있는 가능성이 조금은 남아 있는

　새벽 1시.

·

어쩌면 안 좋은 버릇이 생긴 것일지도 모르겠다.

매일같이 마지막 한 방울 남은 에너지마저 다 소진하고 잠자리에 든다. 한 방울이라도 기운이 남은 날이면 그 에너지로 스스로를 공격한다는 것을 알기 때문에 모두 써 버리려고 한다. 마음은 지치고 부어오른 발목은 아프지만 그래도 이게 나아. 흙을 비비고 음악을 듣고 열심히 오가며 살아간다. 작년 이맘때의 내가 상상도 하지 못하던 올해의 내가 여기에 있다.

새로운 사람을 만나고 겁나는 일들을 수락하는 나에게 고마워한다. 괜찮다. 내가 여기에 있다.

·

가장 품위 있는 죽음이란 과연 무엇일까.

죽을 수 있다는 가능성은 언제나 나를 가장 삶에 가깝게
한다. 누구에게 무언가를 지불해 두렵거나 괴로운 죽음이 아닌
짧고 평안한 죽음을 예약할 수 있으면 좋겠다.

그럼 나는 내가 가진 것 중 얼마큼을 지불할 수 있을까.

　·

다음 생을 위해 잘 사는 삶이 무슨 의미가 있을까.

오늘을 잘 살기 위해 잘 사는 삶을 살고 싶다.

지옥도 연옥도 천국도 다음 생도 아무것도 없이

그냥 끝이라 생각하면 마음이 편해진다.

●

어서 내일의 해가 떴으면 좋겠다. 새롭게 긴 글을 쓰고 피
아노를 두드리며 신기한 멜로디를 지어내고 싶다. 이젠 밤에 긴
작업을 시작하지 않는다.

．

1월이 지났다는 건

본격적인 겨울은 모두 끝나 버렸다는 뜻.

이상하게 서운하다. 봄이 되면 나오기로 한 앨범은 아직도 멀리에 있다. 겨울의 하루. 바람을 날려 보내며 조금이라도 더 차갑게 있겠다고 용쓰고 있는 영하의 새벽.

나는 오늘 종일 무얼 했나, 누구를 만났는가, 어떻게 살아졌나. 하루 종일 말을 나눈 상대는 택시 기사님, 향수 가게의 점원, 빵집에서의 "잘라 드릴까요?" "예" "영수증 버려 주세요"가 전부다.

친구들과는 양손 엄지로 끊임없이 농담을 주고받았지만, 오히려 현실 세계에서 스쳤던 모든 인연에는 무심했다. 감정을 보이고 친절하게 대하면 피곤한 일이 생길까 봐 괜히 보호막을 쓰고 살아진 하루.

SNS로 친구들의 소식을 전해 듣고, 단체 대화방에서 더 많은 단어를 쏟아 낼수록 성대를 통해 세상으로 뱉어지는 '말'은 필요가 없어진다.

종일 얼굴을 마주하고 조잘대다가, 집으로 돌아가는 길에도, 전화기가 뜨거워지는 새벽까지 대화를 나누고도 부족하게 느껴져 아쉽던 시절에 대한 그리움이 잠시 스친다.

이유도 없이 서운한 기분이 드는 오늘이기 때문일까?

이런 기분은 보통 스스로 초라하게 느끼는 것으로

끝을 맺는다.

내 무의식의 연결 고리는 보통 나에게 유리한 쪽으로 향하지 않아서, 깊은 생각에 빠지는 것 자체로 손해 보는 경우가 너무 많다.

지금쯤 라오스에 도착했을 친구 생각을 하며 무작위로 고른 음악을 듣고 있다. 음악과 함께 무작위로 떠오르는 생각들이 잠잠해질 생각을 않는 것을 보니 오늘 밤도 평안하기는 글렀네. 이미 밤은 다 지나고 아침에 더 가까이 와 있지만.

●

　과거가 두려운가요? 지나온 시간 중 어떤 곳에 점을 찍어 살짝 들여다보면 창피한 기분에 얼굴이 붉어지나요? 괴로움에 고개를 들 수 없나요? 이제는 영영 없어져 버린 시간에 쫓기며 살고 있나요? 가끔 울기도 하나요? 마음속은 후회로 가득한가요?

　나는 과거의 어떤 시간으로부터 도망쳐 와 지금의 나를 만들어 냈어요. 길고 고된 여정이었답니다. 당신도 나처럼 힘든 시간을 지나왔겠지요. 내 미래의 어떤 시간에는 조금 더 내가 원하는 표정과 마음가짐으로 살 수 있기를 바라며 오늘을 살아가요.

　내가 '나로서' 부끄럼 없이 살게 되길 바라요.
　분명 당신도 나도 더 자라날 거예요.
　우리, 과거에 발목 잡히지 않도록 약속해요.
　그래도 결국은 살아 내야 하는 거니까요.

●

　　지금이 아닌 순간을 갈망하고 여기가 아닌 다른 곳을 꿈꾸던 시기를 지나 보낸 기분. 지금에 만족하고 여기에 마음을 가라앉힌다. 안정을 찾아가는 나만의 방식을 느릿느릿 터득해 간다.

아주 높은 곳에 매달린 빨랫줄을 상상합니다.

기나긴 빨랫줄에 스물한 살의 내가 슬픈 날과, 서른네 살의 내가 고민하던 밤을 나란히 걸어 둡니다. 탈탈 털어 반듯하게 걸어 둔 글도 있지만, 도저히 펼 수 없어 구깃구깃 억지로 걸린 글도 있습니다. 어떤 글은 바람을 견디지 못해 떨어져 사라지고, 어떤 글은 아주 연약한데도 악착같이 빨랫줄을 꼭 붙들고 견디고 있습니다. 그렇게 뒤죽박죽 걸린 시간을 언젠가 꼭 한 번은 세상에 내보이고 싶었나 봅니다.

작업하는 동안 현재의 내가 여러 명의 나와 함께 공저하는 중이라고 생각했습니다. 아직 한 번도 공저를 해 본적이 없는데 첫 공저의 상대 작가가 과거의 스스로가 된 셈일까요. 나였던 사람의 마음을 다시 들추기가 순탄치 않았지만 이 작업이 내 안에 있던 반짝임을 다시 보는 계기가 되어 주었어요. 지금의 나는 어떤 반짝임을 잃고, 어떤 너그러움을 새로 얻었습니다.

'삶을 대하는 기조가 달라지는 글을 읽는 독자는 어떤 기분일까?' 상상하며, 쓰고 고치는 시간을 간지럽게 보낼 수 있었습니다. 저의 의도를 읽으셨을지 궁금합니다. 이랬다가 저랬다가 고민하는 시간 속에서 제자리를 만나길 기대합니다. 만약 아무 길도 만나지 않고, 어떤 의도도 읽히지 않았다고 하더라도 그 나름대로 괜찮을 것 같아요.

과거에 나였던 사람은 어디에 있을까요?

지금보다 용감했던 사람, 큰 소리로 말하던 사람, 불구덩이에 뛰어들던 사람, 괴로움 앞에서 하염없이 무너져도 다시 일어서기를 멈추지 않던 그 사람은 어디에 있는지 문장 사이를 자꾸 들춰 봅니다. 과거를 부정하는 무례함을 피하기 위해 나였던 사람이 쓴 문장을, 최선을 다해 돌봤습니다. 과거의 스스로와 함께 한 공저지만, 탈고의 기회는 지금 나에게 있으니 밑지는 장사는 아니었겠지요.

긴 시간 동안 지나온 수많은 판도라의 상자를 여닫으며 '정말 이 책이 완성될 수 있을까?' 생각했어요. 감정 소모가 많은 작업이었습니다. 이제 저는 이 책을 닫습니다. 책 속의 이야기는 모두 당신의 것입니다.

밤의 마음

2023년 11월 20일 초판 01쇄 인쇄
2023년 11월 28일 초판 01쇄 발행

지은이 임이랑

발행인 이규상 편집인 임현숙
편집팀장 김은영 책임편집 고은솔 책임마케팅 강소희
기획편집팀 문지연 강정민 정윤정 고은솔
마케팅팀 이순복 강소희 이채영 김희진
디자인팀 최희민 두형주 회계팀 김하나

펴낸곳 (주)백도씨
출판등록 제2012-000170호(2007년 6월 22일)
주소 03044 서울시 종로구 효자로7길 23, 3층(통의동 7-33)
전화 02 3443 0311(편집) 02 3012 0117(마케팅) 팩스 02 3012 3010
이메일 book@100doci.com(편집·원고 투고) valva@100doci.com(유통·사업 제휴)
포스트 post.naver.com/h_bird 블로그 blog.naver.com/h_bird 인스타그램 @100doci

—
ISBN 978-89-6833-454-2 03810
ⓒ 임이랑, 2023, Printed in Korea